KB267904

성장통

성장통

초판 1쇄 인쇄 2010년 12월 17일
초판 1쇄 발행 2010년 12월 24일

지은이 | 조동훈
펴낸이 | 손형국
펴낸곳 | (주)에세이퍼블리싱
출판등록 | 2004. 12. 1(제315-2008-022호)
주소 | 157-857 서울특별시 강서구 방화3동 316-3번지 한국계량계측협동조합 102호
홈페이지 | www.book.co.kr
전화번호 | (02)3159-9638~40
팩스 | (02)3159-9637

ISBN 978-89-6023-486-4 03810

성장통
조동훈 지음
ESSAY

네이버 포토 블로그에 게시된 **산해야인(wowkjg)**님의 사진입니다.

프롤로그

　20대! 전쟁터와 같은 치열한 삶을 살아오면서 제게는 눈에 보이지 않는 성장키를 1센티미터씩 크게 해준 세 가지 성장 이야기가 있습니다. 지금부터 여러분에게 그 이야기를 들려 드리려고 합니다.

　첫 번째는 광각과 망원 이야기입니다.

　최근 많은 사람들이 보급형 카메라인 DSLR 카메라를 가지고 다닙니다. 이러한 DSLR 카메라의 기능은 촬영하려는 대상과 초점 거리에 따라 광각과 망원으로 나뉩니다. 우선 광각이라 함은 촬영하는 대상(피사체)이 확대되어 전체적으로 물체를 촬영할 수 있는 것을 말하고, 망원이라 함은 광각과는 반대로 촬영하는 대상(피사체)이 축소되어 세밀하게 촬영되는 것을 말합니다. 이처럼 DSLR 카메라는 우리의 눈에 직접 보이는 대상을 광각과 망원으로 축소시키거나 확대시킬 수 있습니다.

　그런데 이러한 DSLR 카메라의 기능이 비단 카메라의 기능에만 국한된 것이 아니라, 세상 속에서 당연하게 적용되고 있다는 사실을 알게 되었습니다. 우리가 표준이라 부르는 세상의 진실이나 상식들이 왜곡되어 확대되거나 굴절되어 표현된다는 것이었습니다. 저는 두 번째 자서전인 『성장통』을 쓰면서 표준 시각이 아닌 광각과 망원의 세상 속에서 살고 있는 많은 사람들의 다양성을 볼 수 있었습니다.

　당나라의 정치가 허경종(許敬宗)은 사람들이 생각하는 다양성과 마음에 대해 이렇게 말했습니다.

　"봄비가 농부에게는 기름 같으나 길가는 이들은 질퍽인다고 불평이고, 도적은 가을의 휘영청 밝은 달이 너무 밝아서 싫어한다."

　이처럼 자신이 어떤 상황에 처했느냐에 따라 사물을 다르게 판단하는 마음들로, 세상 사람들을 인정하게 되는 수용하는 마음을 배웠습니다.

　두 번째는 롤러코스터 이야기입니다.

　많은 사람들이 우리의 삶이 롤러코스터를 타고 있는 것과 같다고 말합니다. 어느 누구의 인생이나 값지고 소중한 만큼 바쁜 롤러코스터 인생을 살고 있는 것이 당연한 것 같습니다.

　롤러코스터란 놀이공원에서는 단지 놀이기구에 지나지 않지만, 우리의 삶 속에서는 짜릿한 게임이나 놀이기구가 아닌, 어지럽고 스트레스로 가득한 마음속의 짐과도 같습니다.

　매일 아침 출근이나 등교를 하게 되는 동시에 시작되는 산더미 같은 학습량과 업무! 이러한 것들은 모두 자유로움을 배제하고, 적절한 타이밍과 적시성이 결여되면 시대의 낙오자나 인정받지 못한 삶을 살기도 하고, 급기야 자기 자신을 비하하는 일이 종종 발생합니다.

　'가정문제나 개인문제, 사회문제 등 각종 사회적 이슈의 넘어야 할 산은 끝이 보이지 않고, 나의 롤러코스터는 왜 이렇게 굴곡져 있을까?' 하고 불평과 불만을 잔뜩 늘어놓습니다. 결국 롤러코스터 옆 회전목마를 타고 있는 어린아이들의 모습마저 부러워지곤 합니다.

　하지만 내가 타고 있는 인생의 놀이기구는 더 이상 회전목마가 아닌, 무서운 속도로 돌진하고 물살을 튀기며, 어두운 터널 속에 들어간 뒤 심지어 360도를 빙글빙글 도는 어지럽고 메스꺼운 롤러코스터입니다. '하루만 편히 쉴 수 있다면 얼마나 좋을까?'라고 한숨 섞인 푸념이 새어 나오지만, 그것은 어쩌면 자신의 희망사항일 뿐입니다.

　그런데 아직 여러분이 모르고 있던 사실 하나가 더 있습니다. 롤러코스터에는 안전 바가 설치되어 있습니다. 우리의 양 어깨는 늘 롤러코스터 안전 바가 꽉 누르고 있어 아무리 빠른 속도로 롤러코스터가 회전하고 돌진해도 밖으로 튕겨나가거나 벗어나지 않습니다.

　사랑하는 독자 여러분! 넘어지고 깨지는 것을 더 이상 두려워하지 마세요~ 제 좌우명은 넘어지면 일어나는 것이 아니라, '넘어지면 반드시 무엇인가(?) 줍고 일어나라!'입니다.

아름다운 보석들이 바닥에 떨어져 있어도 무릎을 굽히고 내 몸을 숙이지 않으면 아름다운 보석은 그저 화중지병에 지나지 않습니다.

앞으로 여러분의 인생은 늘 그래왔던 것처럼 순탄치 않은 롤러코스터가 무서운 속도로 달릴 것입니다. 하지만 꼭 기억하세요. 여러분의 어깨에는 항상 롤러코스터의 안전 바가 있다는 사실을…….

세 번째는 줄탁동시(啐啄同時) 이야기입니다.

옛날 중국 속담에 "햇빛만 비치면 사막이 된다"는 말이 있습니다. 우리가 사는 날이 흐린 날도 없고 비 오는 날도 없이 하루 종일 햇빛만 비친다면 그곳은 결국 물 한 방울도 없는 뜨거운 사막이 되어버립니다. 인생은 항상 맑은 날만 와도 행복하지 않습니다. 그러한 날은 그저 평범한 날에 지나지 않습니다.

'줄탁동시(啐啄同時)'라는 말이 있습니다. 알 속에서 자란 병아리가 부리로 껍질 안쪽을 쪼아 알을 깨고 세상에 나올 때 어미닭은 품고 있는 알 속의 병아리가 부리로 쪼는 소리를 듣고 밖에서 알을 쪼아 새끼가 알을 깨는 행위를 도와주는 것을 말합니다.

즉, 알껍데기를 쪼아 깨려는 병아리는 깨달음을 향하여 앞으로 나아가는 수행자요, 어미닭은 수행자에게 깨우침의 방법을 일러주는 스승이라고 할 수 있습니다. 그런데 병아리와 어미닭이 동시에 알을 쪼기는 하지만, 어미닭이 병아리를 세상 밖으로 나오게 하는 것은 아닙니다.

어미닭은 다만 알을 깨고 나오는 데 작은 도움만 줄 뿐, 결국 알을 깨고 나오는 것은 병아리 자신입니다. 스스로 알을 깨고 나오면 살아 있는 병아리가 되지만, 남이 알을 깨어버리면 계란 프라이가 됩니다.

이 책에서 들려드릴 30가지 성장통은 제가 줄탁동시의 삶을 살 수 있도록 도와주신 많은 분들에게 감사의 인사를 드리려고 쓴 모음집입니다. 이 작은 책이 여러분에게 짜릿한 청량음료가 되었으면 하는 바람입니다.

If the seer is flower, the seen is a flower too!

(보는 사람이 꽃이면, 보이는 것도 꽃이다!)

ContentS

네이버 포토 블로그에 게시된 **트루디(doveyjina37)** 님의 사진입니다.

조동훈 자전에세이

Again Start!

처음 그 순수함에 대하여~

두려웠습니다! 어떻게 시작해야 할지 몰랐습니다. 사람들에 대한 기대가 크다 보니, 제 감정을 사람들에게 맞추어 가야 하는 것은 아닌지 걱정만 늘어갔습니다. 이 하늘 아래서 작은 점일 뿐인 저인데도, 세상 속에 있는 제 스스로는 점이 아니라 생각하니 더 걱정이 되었죠! 제 말이나 글로써 사람들에게 선한 영향력을 끼친다면 그걸로 만족합니다. 하지만 제 편협한 생각들로 인해 사람들에게 선한 영향력을 주지 못하는 건 아닐까? 많이 걱정했습니다. 그렇지만 자꾸 심장 속에서 쿵쾅거리는 울림과 떨림의 소리들을 무시할 수 없었습니다. 그것이 저를 이곳까지 오게 하는 원동력이 되었죠!!

그래서 결심했습니다. '아직 꿈 많고, 생각 많고, 어리기도 한 20대의 생각과 고민들을 담아 그러한 것들에 직면하게 된 사람들에게 한

성장통

줄기 소나기처럼 '고민'이라는 먼지를 털어버릴 수 있게 도와주자!'라
고요~

다시 시작한다는 것은 그만큼 실패라는 확률을 안고 달려가야 하
는 것이기도 합니다. 하지만 우리의 삶은 여기가 끝이 아니에요~ 그
상황과 직면해서 현상을 몸과 마음 전체로 받아들이면 그 안의 무한
한 것들을 배울 수 있게 된다는 것을 알았어요~ 전 그것을 '성장통(成
長痛)'이라고 하겠습니다.

하고 싶은 것이 많고, 욕심 많은 우리에게 세상은 그렇게 호락호락
하게 여건과 조건을 충족시켜 주지 않습니다. 얼마만큼의 노력으로도
보상받지 못하는 경우가 참 많이 있더라고요. 그러한 것들이 좌절과
때로는 무릎을 꿇게 만들 수도 있지만, 포기란 김장할 때나 쓰는 거라
고 하지 않았나요?

제가 여러분에게 말하려는 성장통은 단지 새로운 치아가 나기 전에
혀로 빈 공간을 어우르는 거라 생각합니다. 여러분! 여러분은 지금 무
슨 성장통을 겪고 계시나요? 그리고 그 성장통을 저와 같이 이겨나갈
준비가 되었나요?

삶에 대한 올바른 자세

06:30!

진태의 쳇바퀴처럼 굴러가는 하루가 오늘도 어김없이 시작되었다. 매일 반복되는 일상 속에서 무료함을 달래듯 짧은 시계바늘이 원을 크게 한 바퀴 그리면서 또 하루가 지나갔다. 이런 진태의 무료한 일상은 마치 달아오른 물속에서 점차 뜨거워짐에 익숙해져버려 비커 밖을 탈출하지 못하는 매너리즘에 빠진 개구리의 사지처럼 쫙~ 뻗어버렸다. 퇴근 후 진태는 소금에 절인 배추처럼 축 늘어진 어깨와 몸 전부를 침대 위로 슬라이딩 하듯 미끄러져 들어갔다. 직장에서 마치 기계처럼 한결같은 표정과 똑같은 유니폼을 입은 채 살아가는 무미건조한 현실에 드디어 염증을 내기 시작한 것이다. 진태는 침대에 누운 채 흰색으로 칠해진 한쪽 벽면을 바라보며 눈동자에 고인 뜨거운 눈물 한 방울을 쏟아내어 버렸고, 그 눈물 한 방울은 콧등을 따라가 반대편

네이버 포토 블로그에 게시된 **예작(ssssshinga)** 님의 사진입니다.

조동훈 자전에세이

눈동자로 숨어버렸다.

"아~~ 저 높이 나는 새들과 아침 출근길의 바람에 흩날리던 향기로운 코스모스가 되었으면……."

그리고 진태는 이내 잠들어버렸다.

일상 속 에너지를 보충할 꿈이라는 버퍼링 속에서…….

꿈속에서 진태는 한 송이 코스모스가 되었다. 코스모스 밭에 둘러싸인 진태(코스모스)는 소녀시대의 〈소원을 말해봐!〉처럼 춤을 추는 코스모스 친구들과 함께 백댄서가 되었고, 저 멀리 다가오는 집체만한 청설모는 뭐가 그리 궁금한지 꼬리를 ?로 만들어 이리저리 잽싸게 뛰어다니고 있었다.

"이게 꿈이야? 생시야?"

진태는 순간 자신이 현실 속에서 그토록 원하던 자유로운 꽃의 모습으로 변해 있었고, 이내 감탄과 경이로움으로 기쁨을 감추지 못하고 있었다!

"야호~ 드디어 자유다!"

하지만 그것도 잠시였다. 바람에 자꾸만 흩날리다 보니 가려운 얼굴을 긁으려 해도 손가락은 커녕 팔도 없는 자신의 모습을 보게 되었고, 빗속에 우산 없이 우박처럼 떨어지는 이슬비에 온몸은 파랗게 피멍으로 물들었다.

그리고 무엇보다 참을 수 없는 공포는 고라니 녀석이 자신의 배 속

성장통

을 채우기 위해 나의 친구들의 잘록한 허리를 능지처참(陵遲處斬)해버리는 일은 차마 눈 뜨고는 볼 수 없었고, 두려움에 눈을 질끈 감은 채 자신의 차례가 언제 올지 몰라 진태의 몸은 뿌리까지 사시나무 떨듯 마구 떨었다.

"아니야~ 아니야~ 이건 내가 생각했던 자유로운 모습이 아니라고……. 이럴 거면 차라리 예전에 내 모습이 훨씬 나아~ 예전으로 돌아가고 싶어."

버퍼링이 끝난 후(꿈속에서 깨어난 후)…… 진태는 눈을 떴다. 진태의 이마에는 땀이 송글송글 맺혀 있었고, 잠옷과 이불까지 땀으로 흠뻑 적신 그 꿈은 악몽임에 틀림없었다. 그리고 시계를 보니 아침 6시 30분! 벌써 일어날 시간이었다.

허겁지겁 일어난 진태는 씻는 둥 마는 둥 반복되는 출근길을 나서며 이렇게 말했다.

"그래도 정말 다행이야~~"

대부분의 사람이 삶이 어렵다는 이 쉬운 진리를 깨닫지 못하고 살아갑니다. 삶이란 대수롭지 않으며 쉬운 것이라고 생각한 나머지 살아가면서 부딪히게 되는 각종 문제와 어려움들이 가혹하다고 불평하게 됩니다.

- M. 스캇 펙의 『아직도 가야할 길』 중에서

인생이 내 마음대로 풀리지 않는다고 쉽게 타협하거나 도피하지 않았으면 좋겠습니다. 지금 나에게 봉착한 이 난관을 해결하지 못한다면 나중에 올 더 큰 위기를 어떻게 이겨나갈 수 있겠습니까? 어차피 어려움의 양과 질은 별반 차이가 나지 않습니다. 그리고 피하지 말고 부딪혀 나가자고요. 조금 어렵다고 피하거나 돌아가게 된다면 자꾸만 내가 설 위치는 작아지게 마련입니다.
언제나 힘내십시오. 이 세상은 당신을 사랑합니다.

네이버 포토 블로그에 게시된 **안영진(11dudwls)** 님의 사진입니다.

먹구름도 질투하게 사랑하세요!

사랑하는 사람이 있었습니다. 아니 지금도 그녀를 생각하고 있을지 모릅니다. 그런 우리의 사랑이 이기적으로 들릴지도 모르겠지만, 우리의 사랑은 지구에서 가장 아름다운 사랑이었습니다.

그녀와의 사랑은 나의 존재 가치와 행복의 본질을 알게 해주는 고마운 사랑이었습니다. 다시 말해 예전에는 내가 살아가기 위해 이 세상에 존재한다고 생각했었는데, 이젠 사랑하는 그 사람이 잘살아가기 위해 이 세상은 존재한다고 믿게 되었으니까요.

그녀와 열렬히 사랑했으나, 시간이 지날수록 서로의 갈등과 욕망이 부딪히고, 급기야 서로에게 상처를 안겨주며, 우리의 사랑은 거짓말같이 서해바다의 바닷물 없는 개펄처럼 말라버렸습니다. 그녀가 내게 결혼한다는 말만 남긴 채……. 전 세상 속에서 '외톨이'가 되어버린 느낌이었습니다.

그러곤 며칠이 지나 친한 선배에게 정중한 부탁을 제의받았습니다.

"수영아~ 내가 다음 주에 결혼하는데, 내 결혼식에서 네가 축시(祝詩)를 써서 읽어주면 안되겠니?"

순간…… 3초의 정적이 흘렀습니다. 그 3초의 순간은 마치 우주 속에서 저를 혼자 내버려둔 채 검은 바다 속을 홀로 유영하는 그런 느낌이었습니다. 그리고 대답했습니다.

"네! 하겠습니다……."

그 후로 전 생애 최고의 일주일을 보냈습니다. 사랑과 결혼이라는 양 갈래길에서의 자유로움을 나타내는 나의 표현들. 그리고 그렇게 축시는 완성되어 갔습니다.

드디어 결혼식 날이었습니다. 따뜻한 햇살은 그들의 축복된 결혼식을 진심으로 반겨주었고, 오랜만에 차려입은 정장은 맵시를 한껏 살려주어 보기가 좋았습니다. 하지만 왠지 마음 한켠에는 불편한 마음들이 자리

잡아 이러한 모습들이 그들의 축복된 결혼식의 방해가 되어 비춰지진 않을까? 조심스럽게 마음을 숨겨놨습니다.

강남 컨벤션 센터의 결혼식장은 예상대로 수많은 사람이 자리를 빼곡히 채우고 앉아 있었습니다. 순간 울렁증이 밀려왔고, 저 멀리 선배와 하객들이 인사하는 모습을 보고, 그가 있는 곳까지 흔들리는 걸음을 참고 갔습니다.

"수영아~ 오늘 잘 부탁해~"

밝게 웃어주는 선배의 모습 속에서 잠시나마 긴장을 떨칠 수 있었습니다.

"네⋯⋯."

그래도 떨리는 마음과 울렁증은 가시지 않았고, 몇 달 전 사랑하는 사람을 보낸 무거운 마음들이 제 마음속에서 소용돌이 쳤습니다. 곧 결혼식이 시작되었고, 어느덧 아름다운 신부와 멋진 신랑이 나타났습니다. 그리고 제 순서가 되었습니다.

"네~ 다음은 방극윤 신랑의 후배인 이수영 군의 축시가 있겠습니다."

순간 장내는 정적이 흘렀습니다.

저는 천천히 자리를 옮겼습니다. 수백 명의 시선이 제 쪽으로 모아졌고, 저는 시를 읊는 단상 위로 올라갔습니다. 그러곤⋯⋯ 준비한 축시를 천천히 읽어내려 갔습니다.

성장통

제목: 나의 단짝에게

내가 살아가는 동안 당신은 한 송이 꽃처럼 내게 다가오면서

나는 가슴이 부서지도록 그 향기를 껴안아 보았습니다.

나는 당신을 바라볼 때마다 작은 일에도 챙겨주고,

관심을 가지며,

당신이 부담 없이 내게 기댈 수 있는

넓은 가슴을 마련해주고 싶습니다.

사랑하는 당신을 위해 온 마음을 쏟는 것이

참된 삶이라고 믿으며,

거창한 내용보다는 편지 한 귀퉁이에 담아 보낸 시 한 편처럼

작지만 따스한 마음을 당신께 주고 싶습니다.

우리가 살아가는 동안 어렵고, 힘든 일도 많겠지만,

기쁨의 웃음은 넓은 바다만큼,

슬픔의 눈물은 작은 손수건만큼

그렇게 삶과 당신을 사랑하며

아무리 하찮은 것일지라도 내 것으로 받아들이는

성숙한 어른으로 한 걸음 한 걸음 발걸음을 내딛겠습니다.

슬픔을 나눌 수 있다면

아마 당신의 슬픔은 하나도 남아 있지 않을 겁니다.

언제나 함께 마음 아파해주는 제가 다 가지고 갈 테니까요.

기쁨을 나눌 수 있다면

아마 나의 기쁨은 하나도 남지 않을 겁니다.

조동훈 자전에세이

늘 같은 마음으로 곁에 있어주는 당신께

제가 다 드릴 테니까요.

친구라는 이름에서 하나라는 이름이 되어버린 우리!

나는 당신께 좋은 기억만 전해주는 우편배달부가 되고 싶고,

손바닥이 빠알갛도록 당신과 함께 박수치며

기뻐할 일을 자꾸만 만들고 싶습니다.

당신을 사랑합니다.

장내에는 환호와 박수가 쏟아졌습니다. 선배의 얼굴에도 환한 표정을 제게 선물해주었습니다. 저도 답례로 선배에게 미소를 보이며, 회답한 후 단상을 내려왔습니다.

그리고 결혼식이 끝나는 걸 보지 못하고 집으로 돌아와야만 했습니다. 계속 흘러내리는 눈물을 참고서…….

인연은 그런 것이란다. 억지로는 안 되어 아무리 애가 타도 앞당겨 끄집어 올 수 없고, 아무리 서둘러서 다른 데로 가려 해도 달아날 수 있고, 지금 너에게로도 누가 먼 길에서 오고 있을 것이다. 와서는, 다리가 아프다며 주저앉겠지. 물 한 모금 달라고
- 최명희의 『혼불』 중에서

힘들어도 사랑하세요. 먹구름까지도 질투하게 사랑하세요.
사랑에 대한 아픔과 설렘은 모두 사랑이 주는 선물이랍니다.
언제나 힘내십시오. 당신은 이 세상의 중심입니다.

네이버 포토 블로그에 게시된 **수티엠(umingtom)** 님의 사진입니다.

조동훈 자전에세이

대오각성(大悟覺醒)

기상의 변화로 계절이 바뀔 때마다 개미가 베짱이에게 도움을 청하고, 달리기 경주 중 토끼가 뻗은 다리에 거북이 걸려 넘어져 등껍질이 땅바닥에 닿아 짧은 네 다리를 버둥거리고 있는 상황들이 현실세계에서는 너무도 버젓이 이루어지고 있습니다. 하지만 우리가 베짱이가 아닌 개미 혹은 거북처럼 살아야 하는 이유는 바로 여기에 있습니다.

하낫! 둘! 하낫! 둘!

2001년 7월, 이글거리는 하늘의 태양은 아스팔트를 초콜릿처럼 녹여버렸고, 초콜릿이 되어버린 아스팔트는 아지랑이 가락에 맞추어 꼬리 춤을 추고 있었다. 영석을 비롯한 10명의 체대 지망생들은 오늘도 운동장을 내달리며, 이마에 구슬땀을 흘리고 있었다. 3시간 전부터 뛰기 시작한 운동장은 벌써 40바퀴를 돌았는데도 우리를 가르치는 불호랑이 체육선생님의 멈추라는 지시는 내려오지 않았다. 오히려 "여기서 포기하는 놈은 대학 정문에도 갈 생각은 꿈도 꾸지 마라!"며 으름장을 놓았다. 얼굴이 유난히 하얀 영석은 공포의 7월만 되면 눈동자의 흰자와 가지런한 치아 빼고는 모든 것이 새까맣게 타버렸다.

하지만 영석을 포함한 10명의 체대 지망생들은 단 한 번의 불평, 불만을 하지 않았다. 오히려 시험 날이 다가올수록 부푼 기대와 설레는 떨림을 멈출 수 없었다.

"이제 벌써 3년차야~ 나도 조금만 지나면 체대생이 될 수 있어~"

3년이라는 세월은 정말 뼈를 깎는 고통과 시련의 나날이었다. 아마도 절차탁마하던 친구들이 없었다면 이미 포기해버렸을 것이다. 40명이 조금 넘게 시작한 체대 지망생들은 어린 나이에 이길 수 없는 육체적 고통에 썰물처럼 빠져나가고 지금은 영석을 포함해 10명만이 남게 되었다.

지난 3년간의 시간은 매일 똑같이 돌아가는 시계바늘과 같은 연속

조동훈 자전에세이

된 하루하루였다. 수업이 끝난 오후 4시가 되면 저녁 7시까지 영화
〈300〉처럼 스파르타인을 키우는 고된 훈련이 계속되었다. 운동장 40
바퀴, 윗몸일으키기 700개, 인터벌 트레이닝 20회, 턱걸이 10세트 등.
처음에는 참기 어려울 만큼 고통스러웠지만, 지금은 영석의 몸에 왕
(王) 자라는 훈장을 만들어주었다. 100미터를 11초에 주파하는, 학교에
서 제일 빨랐던 영석의 단 한 가지 신체적 결함이 있었는데, 그것은 바
로 '유연성'.

일주일에 한 번씩 영석은 지옥을 방불케 하는 신음소리를 토해냈
다. 5명이 달라붙어 양팔과 다리를 잡아 벌리고, 나머지 1명은 영석의
등 위에 앉아서 배가 땅바닥에 닿을 때까지 사정없이 눌러버렸다. 마
치 불판에서 빨리 익기를 학수고대하며 젓가락으로 고기 한 점을 지
그시 누르듯이…….

참을 수 없는 유연성 체력단련을 끝내고 나면 커튼 뒤에서 몰래 울
음을 터뜨렸고, 그 모습을 보게 된 친구들은 영석을 감싸주고 위로해
주었지만, 그런 장면은 계속 반복되었다.

겨울이 되면 철봉 위에 쌓인 눈을 입으로 훌훌~ 불어 털어내고 쇠
로 된 철봉을 손으로 꽉 말아 쥐어 턱걸이 연습을 하였다. 손바닥과
손가락이 만나는 부분이 터져 피가 나도 훈련을 멈출 수 없었다. 왜냐
하면 내겐 꿈이 있었으니까…….

그렇게 지나온 3년의 시간을 보상받는 시험 날! 용광로처럼 터져버

릴 것 같은 영석의 마음은 어디에 둘 수 없이 떨려왔다.

"제발~ 제발~ 내가 그동안 해왔던 대로만 하면 합격이다!"

하지만 입시체육 시험장에서 예상치 못한 최악의 성적과 잦은 실수로 불합격하고 말았다. 학교에서 함께 운동하던 친구들보다 뛰어났고, 그들이 그런 영석을 인정해주었지만, 그동안 모든 과정들은 물거품이 되어버렸다. 결국 동고동락하며 함께 운동했던 9명 모두 자신이 세운 목표보다 상향지원하며 합격하였고, 홀로 남은 영석은 생각지도 않던 학교에 입학하게 된다.

왕복 4시간이 넘는 학교를 다녀온 그날 밤! 영석은 모교인 고등학교에 올라갔다. 그날따라 하늘에서는 악마의 비듬 같은 눈이 내려 운동장을 하얗게 덮고 있었다. 그 하얀 눈빛이 부서 눈이 따가운 건지 아니면 자신의 실수를 채찍질해서인지 안타까운 마음에 서럽게 소리 내어 울었다.

"신이시여~ 제가 지난 3년 동안 이 운동장에 있는 모든 땅을 밟아봤는데, 왜 제게 이런 시련을 주시는 건가요?"

하지만 그렇게 말하고 하소연해봤자 어느 누구 하나 봐주지 않았다.

그리고 영석은 다시 한 번 이를 꽉 물었다!

"그래~ 난 여기서 주저앉지 않아~ 두고 봐! 꼭 보여주고 말 테야~~"

그렇게 주먹을 꽉 쥐었다. 그러고는 다시 일어섰다.

눈물이 나도 더 이상 눈물을 흘리지 않았다. 아직은 흘릴 수 없었

조동훈 자전에세이

다. 지금은 이룬 것이 없기에 흘려도 위로가 되지 않았기 때문이다.

그리고 4년 후…… 영석은 대한민국에서 영향력 있는 사람이 된다. 그의 포기하지 않는 근성과 여기서 끝낼 수 없다는 그의 확신이 그를 성공으로 이끌었다. 그제야 영석은 그동안 참았던 눈물을 흘리며 말했다.

"베짱이보다 개미가 더 이쁘게 생겼더라^^!"

어쩌면 세상에서 진실로 두려워해야 할 것은 자기 자신의 가능성을 창문 닫듯 닫아버리는 것이라고 생각해요. 눈이 있어도 아름다운 걸 볼 줄 모르고, 귀가 있어도 음악을 듣지 않고, 또 마음이 있어도 참된 것을 이해하지 못하고, 감동하지 못하며, 더구나 가슴 속의 열정을 불사르지도 못하는 그런 사람들이 아닐까요?
- 구로야나기 테츠코의 『창가의 토토』 중에서

꾸준히 노력하세요! 그리고 당신의 비전(vision)을 스케치 하세요~ 물감은 스케치가 완성되면 당신을 돕고 싶던 많은 사람들이 칠해줄 거니까요.

네이버 포토 블로그에 게시된 **ab23@ab24(멋진 어른아이의 신세계)** 님의 사진입니다.

수불석권(手不釋卷)

생도의 하루

취침시간(10시)이 지났지만, 생도관에는 불이 환하게 켜져 있다. 나뿐만 아니라 모든 생도들은 잠자리에 들지 않고, 다음 주에 있을 PCT 시험으로 기출문제를 풀며 한참 공부 중이다. 한 시간 남짓 지났을까? 바쁜 생활 속에서 생각의 여유를 잃지 않고 매너리즘에 빠지지 않기 위해 화창한 오후 도서관에서 빌린 책(랄프 왈도 에머슨의 『자신감』)을 50분 동안 읽는다.

11시 50분! 하지만 아직도 해야 할 일이 많다. 내일 있을 태권도 승단시험에 대비하기 위해 앞차기, 돌려차기, 옆차기를 각각 60번 하니 12시다. 흘린 땀을 씻어내고 침대에 누우니 12시 15분! 그러나…… 이대로 꿀맛 같은 잠을 자는 것은 기대할 수 없다. 매일 있는 상황근무로 새벽 2시 45분! 다시 눈을 뜬다. 3시부터 4시까지 계속되는 근무시간. 나른해지고 피곤이 엄습해 오지만, 이대로 시간을 낭비하고 싶지 않아 지난주에 아버지께서 보내주신 편지를 주머니에서 꺼내 곱씹어 읽으며 눈물을 훔쳐낸다.

그러곤 6시! 기상음악 소리가 내 귓가로 들려온다. 드디어 하루가 시작된다. 동기들과 모포를 접고, 흑색 장갑을 끼고, 10분 만에 냉동실 같은 바깥으로 나간다.

온도계는 영하 12도를 가리킨다. 아직 어둠은 가시지 않고, 휘영청 달빛은 훤하다. 입 속에서 나오는 하얀 입김들이 드라이아이스 수십 개를 갖다놓은 것만 같다. 애국가를 부르고 체조를 하며, 얼어붙었던 몸과 입술을 녹여간다. 하지만 2킬로미터 달리기 코스를 하다 보면 입었던 옷마저 모두 벗어야 하기에 다시 원상태(제로베이스)로 돌려놓고, 모두들 차가워진 몸을 배배 꼬아가며 수건으로 있는 힘껏 몸을 문지르기 시작한다. 이런 추위와 싸운 지도 벌써 50일째!

강추위와 칼바람 속에서 어스름해진 학교 운동장을 뛴다. 3학년들은 목이 터져라 노래를 부르고, 4학년 선배들의 입술은 요동칠 생각

조동훈 자전에세이

조차 없다. 드디어 달리기를 마치고, 입장 소리가 들리면 부리나케 뛰어 들어가 뜨거운 온수로 차가운 머리를 감는다. 지난날 느껴보지 못한 작은 행복! '내일도 이걸 해야 하나?' 하는 생각은 잠시 스쳐지나가고…….

다시금 피곤한 몸을 이끌고 학과 출장을 한다. 오전에 학과수업 후 오후 수영수업(2㎞) 때 온몸에 진을 다 빼고, 열과 오를 맞추어 TOEIC 공부를 하러 간다. 17:00 학과수업 종료 후 10명 단위로 운동장을 한 바퀴(4㎞) 달리며 하루 동안 쌓인 피로를 푼다.

19:00 저녁식사 후 잠시 얻은 자유 시간 동안 빨래와 청소, 수십 벌이나 되는 옷 다림질 등 시간가는 줄 모르지만, 사랑하는 그녀의 달콤한 목소리가 들려오는 5분간의 전화통화는 나의 일상생활 중 가장 기쁜 순간이다.

하루 종일 바쁘고, 선배생도들의 눈칫밥을 먹어가며 한치 앞을 내다보지 못하는 현실이기에 오늘도 하루살이가 된다. 하지만 언제부턴가 내 옆구리에 열정과 자신감이라는 하얀색 날개가 조금씩 돋아나고 있었다.

성장통

매일매일 반복되는 일과시간! 나의 지적 쉼터인 도서관으로 향했다. 도서관에 들어가면 나뭇결 냄새와 오래된 책장 넘기는 소리가 코끝과 귓불을 간질여 나의 전신은 10볼트의 작은 전기감전으로 후루루~ 떨며 도서관 보물창고의 진주를 찾기 위해 책 사냥을 하는 포수가 된다.

그러고는 누가 볼세라 2층 도서관 깊은 미로 속으로 들어가 숨어버린다. 술래가 되어버린 바람이 빼꼼히 들여다보며 창문을 톡톡 두드리고 지나가버린다.

사관학교에서는 정과교육시간에 규정된 장소와 시간을 엄수하지 않으면 상상 이상의 체벌을 받으며, 특히 연대책임(모든 인원이 한자리에 모여 심신의 정신교육을 하는 것이라 명명하겠음)이라도 받는 날이면 주변 동기들의 따가운 눈총과 미안함은 오랜 시간 동안 지속된다. 하지만 그런 무서움조차 잊어버리면서 나의 억누르지 못하는 지적 호기심을 채우려는 것은 사랑하는 한 사람 케이(K)를 위해 1,000통의 편지를 완성해야 하기 때문이다.

같은 길을 걸어 다니며, 같은 풍경을 바라보는 이곳에서 내게 센세이션을 일으킬 수 있는 매체는 책뿐이라 생각했다. 그래서 지금은 류시화의 『지금 알고 있는 걸 그때도 알았더라면』이라는 책을 읽고 있다.

"저는 지식보다 상상력이 중요하다는 것을 믿습니다. 저는 신화가 역사보다 더 많은 의미를 담고 있음을 믿습니다. 저는 꿈이 현실보다

조동훈 자전에세이

더 강력하며, 희망이 항상 어려움을 극복해준다고 믿습니다. 그리고 슬픔의 유일한 치료제는 웃음이며, 사랑이 죽음보다 더 강하다는 걸 믿습니다. 이것이 내 인생의 여섯 가지 신조입니다."

오늘의 나를 있게 한 것은 우리 마을 도서관이었다. 하버드 졸업장보다 더 소중한 것이 독서하는 습관이었다.

- 빌 게이츠: 전 마이크로소프트사 CEO

책을 읽는다는 것은 비단 지적 능력만을 채우는 것은 아닙니다. 수고스러운 일상과 탈출하지 못하는 현실에서 도피하고, 탈출할 수 있는 유일한 비상구이기 때문입니다. 땅에 나무를 심듯 당신의 머릿속에 책을 심어놓으면 맑은 산소가 공급될 것입니다. 그러면 그동안의 나쁜 이산화탄소를 모두 방출하고, 산소를 공급하여 많은 꽃과 나무(현명한 자와 능력 있는 사람)들이 당신을 찾아와 뛰놀며 항긋한 향기로 당신을 즐겁게 해줄 것입니다.

네이버 포토 블로그에 게시된 **나엘 N(niceguy_j)** 님의 사진입니다.

조동훈 자전에세이

청춘불패(青春不敗)

저는 어떠한 것이라도 가지고 싶은 것은 차지하고, 오늘 해야 할 일은 내일로 미루지 않으며, 하고 싶은 일에 대해서는 낮의 태양과 밤의 달이 지켜보는 가운데 쉬지 않고 열심히 일하며 살아왔습니다. 이러한 일련의 과정 속에서 저는 작은 실수를 범했고, 그 실수로 인해 실패라는 것을 맛보았으며, 다시는 그러한 실패를 맛보고 싶지 않았습니다.

또한 아픔을 통해 성숙하게 된다는 진리도 알게 되었지만, 성숙하고 싶어 일부로 아프려고 노력하진 않았습니다.

평생 살아갈 수 없는 짧은 삶 속에서 제 주변에 숨 쉬는 많은 사람들을 내 사람으로 만들고 싶어 한 사람 한 사람의 말에 귀 기울이며, 내 이야기를 하는 것보다 상대방의 말과 행동에 오버 하며 맞장구를 쳐주었습니다. 하지만 제가 진정 원하는 바와는 전혀 다르게 주변인들은 저를 어수룩하고 만만한 사람으로 인식해 나갔습니다.

이처럼 어려운 관계 속에 세상은 내 마음대로, 또 내가 원하는 대로 모두 이루어지지 않는다는 사실을 알게 되었죠. 상처를 받지 않으려고 태양과 떨어지다 보니 명왕성처럼 차가워져버린 관계가 되어버렸고, 너무 가까이 붙어 있기엔 타버릴 듯한 수성으로 변해버려 아무런 생명체가 살지 못해 그러한 경험들은 결국 저의 마음그릇만 작아지게 만들어놓았습니다. 수많은 책 속에도 단 한 차례 언급되지 않았던 복잡한 인간관계의 노하우!

이제부터 그런 단편적인 인간관계의 내용이 아닌 복잡한 생활 속에 직면한 여러분의 인간관계 노하우에 대해 자세히 알려드리겠습니다. 즉, 당신은 이 사실부터 명심해야 합니다.

100명 가운데 25명만 당신을 싫어한다면 이미 당신은 성공한 사람입니다. 모든 사람을 자신에게 끼워 맞추기 위해서는 자신의 색깔을 잃어버릴 수도 있으며, 그로 인해 당신은 당신의 정체성마저 송두리째 뽑힌 채 무미건조한 삶을 살아가게 될지 모릅니다. 이 세상 모든 사람들은 눈, 코, 입이 있어 똑같이 생겨 보이지만, 실제로는 전혀 다른 뇌라는 저장고가 자리 잡혀 있어 저마다 자라온 환경과 배경지식 그리고 생활습관 등으로 스펀지처럼 서로에게 쉽게 스며들지 않습니다. 즉, 상대방에게 거부감을 주지 않고, 좋은 첫인상으로 사람들을 대하며, 그들과 융화되는 것 하나만으로도 당신의 인간관계의 절반은 이미 성공했다고 봅니다.

배려를 기초로 상대방과 이야기를 한 번이라도 더 해보고, 자신의 생각과 의견을 기탄없이 나타내고, 태도에 중용을 지켜가며 말하는 것! 다른 사람의 말에 무조건 고개를 끄덕여 시간이 지날수록 불편해지고, 더 친해지지 못하는 그런 단계에서 벗어나 한 걸음 더 현명해지는 단계! 그 단계를 밟아야만 당신은 좀 더 멋진 사람으로 성장하게 됩니다.

그러한 단계들을 밟지 않고, 자신이 먼저 상처를 받게 될까 봐 회피하는 것은 사람들과의 관계가 자꾸만 삐걱거리는 우를 범합니다. 다시 말하지만, 최후의 보루인 자신의 기준 그리고 잣대인 자신감과 정체성이라는 녀석을 내어주어서는 안 됩니다. 만약 본인이 상대방에게 기분 나쁜 상황을 목격하고 경험하게 되었는데, 그것을 참을까 말까 고민이 된다면 화를 한번 내는 것도 필요합니다. 당신이 화를 내지 않고 성인군자마냥 웃어넘긴다면 상대방은 다음에도 당신에게는 그래도 되는 줄 알고, 이 다음부터는 조금 더 큰 망치를 들고 센 강도로 당신의 고유한 정신을 쾅쾅 두드릴 것입니다.

자꾸만 낭떠러지로 떨어져가는 당신의 자존심과 자신감이 현대사회의 초년생에게 많이 나타나 직업의식과 소명이 둔화되고, 이직을 고려하는 것은 아닐까요? 그러한 자존감을 떨어뜨리는 것은 여러분으로 하여금 이 험한 세상 속에서 더욱 살기 어렵게 만듭니다. 화를 내고 싶을 땐 내야 해요~ 그러기 위해서는 각각의 상황마다 적절한 행동양식이 있습니다. 학창시절 공부를 잘했다고, 지능지수(아이큐)가 높다고 자존감이 높아지거나 상황대처능력이 향상되는 것은 아닙니다. 어쩌면 사회적으로 교육수준이 높지 않고, 학업과 가정에서 자유분방하게 충동적으로 살아온 사람들이 성인이 되어 자신의 길을 찾고, 앞으로 나아갈 때에 사회생활을 더 잘해나갈 수 있습니다. 생각이 깊다는 것은 그만큼 말을 아끼고, 말 한마디에 진지함이 묻어난다는 것! 하지만 진지함 역시 때와 장소를 가려야 하죠~

무릇 지식인들은 석사와 박사과정 수료를 통해 상황에 맞지 않은 매사의 진지함과 그로 인해 깊은 생각들이 전반적으로 일치되지 않은 다양한 지식에서 우러나오는 재미없는 생각들로 포장되어 표출됩니다. 이 점을 개선하기 위해서는 한 단계 입체적으로 생각해야 합니다. 앞뒤로 꼬집어보고, 이리저리 비틀어봐서 법에 위축되지 않는 입체적인 사고로 삶을 유머러스하게 이끌어 나가야 합니다. 자신의 색깔을 안다는 것은 나만의 개성을 알고, 자아의 정체성을 확립해 나가며, 내 마음속 깊은 곳에서 표현되는 행동양식이 무엇인지 알고 있어야 이 어려운 세상 속에서 살아갈 수 있습니다.

영화 〈세상의 중심에서 사랑을 외치다〉를 보면 세상의 중심!, 즉 지구의 배꼽인 '울룰루'라는 곳이 등장하는데, 제가 생각하는 세상의 중심은 호주의 울룰루가 아닙니다. 세상의 중심은 여러분이 서 있는 바로 이곳입니다. 우주 공간에서는 중력이 작용하지 않습니다. 물이 지

조동훈 자전에세이

구 밑바닥 쪽으로 눈물 떨어지듯 뚝뚝 떨어지지 않듯 여러분이 서 있는 바로 이곳이 우주공간에시는 물구나무를 하며 서 있는 것으로 보입니다. 하지만 내가 중심이라면 바로 그 생각과 말이 정답인 것입니다. 또한 세상을 더 잘살기 위해서는 말을 잘해야 합니다.

옛말에 "고기는 씹어야 맛이고, 말은 해야 맛"이라고 합니다. 행동으로 보여준다는 것은 빠른 이 세상의 흐름 속에 익숙해진 사람들이 서둘러 이해하지 못하는 답답함과 참을성이 쇠퇴된 곳에서 당신은 소외될 수 있습니다.

말을 많이 해서도 안 되지만, 그렇다고 꼭 필요한 말을 아끼는 것은 공격수가 골 찬스에서 상대선수에게 패스를 하거나 지레 겁먹어 관중석으로 뛰어 들어가는 격이 됩니다. 제가 지금까지 한 말들이 공감가지 않고 반박할 수도 있겠지만, 제가 몇 년 동안 사회생활을 하며 많은 사람들을 만나고 느낀 아픔과 차마 겉으로 표현하지 못한 것들입니다.

물론 세상에는 저마다 슬픔과 아픔이 있고, 주변인들에게 투영되지 못하는 것들이 있습니다. 어쩌면 그들의 아픔과 그것들을 통해 얻어진 경험들의 잔해들이 정석일 수 있습니다. 하지만 분명한 것은 우리는 타인과 조직적으로 속해 있고, 자신의 마음대로 세상은 이루어지지 않으며, 자신이 생각하는 것보다 현실 속에서 짜증을 내는 경우가 많다는 것입니다. 이제 여러분은 조직적으로 속해 있다고 해서 어항

안의 의미 없는 금붕어처럼 살지 말아야 합니다. 자신이 속한 군중에서 으뜸이 가는 사람이 될 수 있도록 끊임없이 연구하고, 세상을 탐험해야 합니다. 인생은 어느 순간 짠~~ 하고 아픔이 모두 해결되는 것이 아닙니다. 신화가 된 여자 오프라 윈프리는 자신의 인생에서 겪었던 고통의 순간순간들을 자문하고, 그것들을 이겨 나가면서 세계 최고의 입담꾼이 되었습니다.

그대가 근심하지 않아도 봄이 되면 복사꽃이 만발하고, 여름이면 말라붙었던 강물이 불어난다. 그대가 한탄하지 않아도 가을 산에 단풍들은 사태지고, 겨울 강에 눈보라는 흩날린다. 비록 몸은 열 평 방 속에 갇혀 있으되 마음은 우주 삼라만상을 두루 넘나들 수 있으니 어찌 스스로 봉황이 되어 무한창공을 자유롭게 날지 못하고, 한 마리 굴뚝새가 되어 구차하게 돌 틈에 기생하며, 몸을 숨기랴?

- 이외수의 『청춘불패』 중에서

모든 사람의 마음에 들기 위해 끊임없이 신경 쓰며 살아가는 것이 얼마나 피곤한가? 당신을 알고 있는 사람들 중 30%가 당신을 좋아하고, 45%가 당신을 보통으로 생각하고, 25%가 당신을 싫어한다면 당신의 삶은 이미 성공이다. 당신을 좋아하지 않는 사람! 그런 사람은 좀 척박한 표현일지 모르겠지만, 신경을 끄며 살아가도 된다. 세상에는 서로 맞지 않는 사람들도 제법 많이 살아가고 있다. 맞지 않는 사람과 맞추기보다 자신과 잘 맞는 사람과 더 잘 맞도록 노력하라. 사람들이 당신의 기분을 좋게 하기 위해 입에 발린 말을 하거나 아무 감사를 느끼지 못하는 칭찬을 하기도 한다. 우리는 그것들을 모두 믿는 어리석은 사람이 되어서는 안 된다. 지금이라도 당신을 싫어하는 사람에게 쓰고 있는 에너지를 모두 거두어 당신을 사랑하는 사람들에게 아낌없이 쓰도록 하자!

45

네이버 포토 블로그에 게시된 **못된XX(in5out)** 님의 사진입니다.

조동훈 자전에세이

사랑복습 그러나 이별예습

사랑복습 중

따르르릉~ 아기 엉덩이 같이 미끈거리는 핸드폰의 폴더를 열고 초록색 통화버튼을 눌렀습니다. 심장과 아랫배 사이 그리고 어깨와 팔꿈치까지 떨림의 파도가 물결치고 그 진동의 파동은 핸드폰의 진동보다 더 강하게 밀려왔습니다. 아~ 설레고, 기분 좋은 이 느낌! 너무 떨려서 좋아 죽을 것만 같은 이 느낌! 아직 사랑하는 그녀를 보지도 않았는데, 벌써부터 이렇게 가슴이 떨려오니 만약 그녀의 모습이라도 보는 날이면 아휴~~ 산소호흡기라도 챙겨놔야겠습니다. 콩콩 뛰는 나의 몸 전체는 이 세상의 어떠한 단어로도 형용할 수 없네요.

불과 3시간 전에 전화통화를 하면서 사랑한다고 고백했지만, 아직도 그녀의 목소리는 나의 몸 전체를 감전시키는 한국전력 직원임에 분명합니다. 아무도 없는 방안에서 이불을 푹 덮어쓰고, 몸을 새우처럼 구부린 채 이마에서 흐르는 땀방울과 손에서 나는 땀샘의 외출은 자꾸만 저를 떨리게 만든답니다. 양손에 핸드폰을 꼭 쥐고, 그녀의 목소리를 귀담아 듣고, 단어 하나라도 놓칠세라 귀를 핸드폰에서 단 1센티미터도 떨어뜨리지 않은 채 조용히 듣고 있습니다. 마치 그녀에 대한 나의 마음은 잠자리채라도 꺼내들어 숨소리까지 잡아내려고 안간힘을 씁습니다.

얼음을 손 위에 올려놓아도 전혀 차가움을 느끼지 못하고, 라이터를 들어 손바닥 아래에 켜놓아도 전혀 뜨겁지 않은 이 몸과 마음! 저의 마음은 휴화산에서 활화산이 되어버렸고, 흐르는 용암처럼 뜨겁게 타오르기에 라이터 불은 전혀 뜨겁지 않고, 얼음은 순식간에 녹아버립니다. 일반 붉은 불과는 색깔과 온도가 다른 노란불이 되어 마치 그 속에 빠져드는 불나방처럼 자꾸만 그녀에게 빠져버립니다. 세상의 어떠한 것도 이겨낼 수 없는 이 마음! 그 사람에 대한 순수한 이 마음! 이게 아마 사랑에 빠진 거 맞는 거죠?

이별예습 중

불현듯! 핸드폰에 켜지는 연녹색의 번호! 이 전화를 받으면 이별통보를 해서 받으면 안 될 것 같은데, 이 전화를 받지 않는다면 다신 영~영~ 오지 않을 것 같은 그녀의 목소리에 사형선고를 받으러 갑니다. 그래도 문자(총살형)보다는 그의 목소리(교수형)는 이별의 죽음을 조금이라도 연장시키기에 떨리는 목소리로 통화버튼을 누릅니다.

"여보세요."

……

'이별여행 중'

……

"……."

아무 말 없이 끊어진 전화기 사이로 서로의 교감이 일치하지 않은 채 누군가 저 먼 발치에서 자꾸만 떨어지라고 소리치며 다가오는데, 이상하게 아직도 이별의 아픔과 고통이 전혀 느껴지지 않습니다. 나의 정신은 그저 멍한 진공상태에 서성일 뿐……. 그러나 그 진공상태의 주인도 이제는 그만 떠날 때가 됐다며, 아픔의 신호를 주기 시작합니다.

갑자기 모든 내장이 튀어나올 듯 속이 헝클어지며, 차가운 물만 삼켜도 식도가 뜨거워지며, 잠시 뒤 따갑고 아픈 느낌마저 느껴듭니다. 정수리에 도끼로 두개골이 쪼개는 듯한 통각마저 느껴집니다.

갑자기 이불 속에 들어와 온몸이 뜨거워지더니 그 뜨거움은 걷잡을 수 없이 눈물이라는 용암으로 변해 흘러내립니다. 터져버릴 듯한 그 순간! 아무런 말도 하지 않고, 어떠한 말도 할 수 없습니다. 오히려 고요히 흐르는 용암이 너무 이뻐 만져보고 싶고 떡 주무르듯 가지고 놀고 싶지만, 바다 속에 연기를 뿜고, 잠수한 뒤 들어가서도 식지 않고, 캐러멜처럼 흘러버리는 용암이 제 마음과도 같네요.

마음속의 바다는 자꾸만 뜨겁다고 울부짖지만 꺽꺽거리며 소리를 내고 거침없는 풍랑을 일으켜 제 몸을 현란하게 요동치게 만들어버립니다.

신이시여~ 왜 제게 이런 시련을 주셨나요? 저는 지금 밀가루와 소금을 팔러 먼 길을 가고 있는 상인입니다. 그런데 비바람을 만나 바람에 날리는 밀가루와 비에 젖은 소금처럼 아무것도 제게 남은 것이 없습니다.

그 형체를 다해버린 마음의 잔상들……. 어떻게 책임지실 건가요? 신이시여~ 아직 어린 제 마음이 받아들이기엔 너무 가혹한 순간을……. 시간으로 해결된다는 무릇 사람들의 거짓말…….

이럴 줄 알았으면 이별예습이라도 해둘 걸 그랬습니다.

슬픈 사람들이 슬픔의 집 속에만 숨어 있기 좋아해도 너무 나무라지 말아요. 훈계하거나 가르치려 들지 말고, 가만히 기다려주는 것도 위로입니다. 그가 잠시 웃으면 같이 웃어주고, 대책 없이 울면 같이 울어주는 것도 위로입니다.

- 이해인 수녀의 『작은 기쁨』 중에서

사랑을 할 때에도 그 사람에 대한 마음에 병이 생기지만, 사랑하는 사람과 이별을 통해서 생기는 마음속 열병의 아픔은 어떠한 고통과도 비교할 수 없을 겁니다. 세상이 날 반기지도 않고, 할 일을 주지도 않고, 홀로 세상에 던져진 외톨이 같은 나! 하지만 이런 극심한 우울! 그것은 어쩌면 총알처럼 피할 수 없는 것일지도 모릅니다. 그리고 이러한 아픔은 결코 빠르게 제거되지 않습니다. 하지만 아픔을 딛고 성장한다면 자신의 새로운 모습들을 발견할 수 있을 것이며 성장의 기회를 동시에 가져다줄 것입니다.

정신분석가 하르트만은 "건강한 사람은 사랑하는 사람과의 이별처럼 우울해질 수 있는 능력을 이겨낼 수 있어야 한다."라고 말했습니다. 그러니 사랑의 열병이 찾아오거나 우울할 때에는 받아들이고, 견디어 내도록 해요~ 그러면 나중에 그 시간은 분명 당신의 영혼을 살찌우고, 정신을 성장시킬 겁니다.

네이버 포토 블로그에 게시된 **하늘소년(freisky)** 님의 사진입니다.

풍수지탄(風樹之嘆)

후덥지근한 8월의 오후! 가만히만 있어도 땀은 나의 볼 줄기를 타고 순식간에 땅바닥으로 곤두박질쳤습니다.

"이모~ 저 대구 왔어요! 이번에 2주 동안 대구로 파견 나왔는데~ 이모랑 할머니 뵈려고요~ 그런데 역시 대구는 엄청나게 덥네요. ^^;;"

"알았다! 규민아~ 성서로 오면 되니까, 지하철역에서 내리면 바로 9단지로 가달라 케라~~그리구 니도 택시 타면 사투리 써레이~ 저번에 서울이모 택시 탔는데, 경상도 사투리 안 써갔고, 빙~ 돌아갔다 아이가~ 괜히 우에 돈~ 내지 말고 사투리 써갔고, 퍼뜩 오레이~"

"알았어요~ 걱정 마세요^^! 그럼 이따 뵐게요.^^"

긴 시간의 통화도 아니었는데, 핸드폰 액정화면은 귀와 볼에 묻은 땀으로 흥건히 젖어 액정의 글자가 이중으로 오버랩 되어 나타났습니다. 그만큼 올여름 대구의 날씨는 폭염 속에서 발버둥치는 하나의 거대도시 같았습니다. 이어 지하철역에서 내려 이모가 가르쳐준 스킬(경상도 사투리)로 어렵지 않게 이모 집을 찾을 수 있었습니다.

"감사합니다! 조심히 가이소~"라며 경상도 사투리를 마지막으로 시원스럽게 한 방 날린 후, 택시 문을 열었을 때 집 앞 버스정류장에서 기다리는 이모와 할머니의 모습을 보았고, 누가 먼저랄 것도 없이 서로에게 인사를 건넸습니다.

"아이구~ 규민이 왔나~ 마이 컸네! 이제 의젓해졌다! 장가가도 되겠네. ^^"

"안녕하셨어요~ 벌써 찾아뵀었어야 하는데, 제가 너무 늦게 왔죠? ^^;;"

"아이다~ 바쁜데 무슨~ 됐다! 뭐 그란 거 갔고, 신경을 쓰고 그카노 ~ 퍼뜩 들어가자~ ^^"

천사의 말(할머니): 규민아~ 와 이리 반갑노! 많이 컸다! 우리 손주 많이 보고 싶었데이……

할머니께서 보통 사람이라면 1분이면 집에 들어왔어야 하는 건데, 2년 전에 쓰러지시고 난 뒤 휠체어 생활을 하고 계셨습니다. 오늘은 이모가 할머니를 모시고 바깥 산책을 3시간이나 다녀왔다고 하시며, 다리가 아파 내일은 다리가 네 개(힘들어서 두 손과 두 발로 걷는다는 뜻)가 되겠다고 장난을 쳤습니다.

할머니께서는 예전과는 많이 다른 모습이었습니다! 다이어트라고는

조동훈 자전에세이

평생 한 번도 해보지 않았던 할머니는 몰라보게 살이 쪄 있었고, 휠체어에 오래 앉아 계셔서 그런지 하체는 상체에 비해 많이 빈약해 보였습니다. 그리고 제 가슴이 더 많이 아픈 건 예전에 영어랑 일본어랑 잘하셨는데, 그렇게 똑똑하고 유머러스한 모습은 온데 간데 찾아볼 수 없었던 것이었습니다.

세월의 흐름에 못 이겨 요실금이라는 병까지 찾아와 제 가슴까지 아파왔고, 헬렌 켈러도 아닌데 아무런 말도 못하시는 생로병사(生老病死)의 악재가 제 마음을 비통하게 만들었습니다. 분명히 생각과 느낌과 감정과 표현이 생생한데, '하나님은 우리의 수백 가지의 기능 중 어느 한 가지만 고장 나도 그 고장 난 부분이 전체가 되어버리게 만드셨을까?'라며 가슴속의 메여옴이 밖으로 빠져나가지 않고, 가슴 안쪽에서 고이 맺혔습니다.

저는 할머니 곁에 앉았습니다! 기침을 연신 하시면서도 손주 녀석의 볼에 땀이 흐르니 효자손으로 선풍기의 ON 스위치를 누르셨어요! 침을 삼키지 못해 컵으로 뱉어내야 하면서도 손주 녀석이 볼까 부끄러워 한 움큼 머금고 계셨다가 고개를 돌려 침을 뱉어 빼내곤 하셨어요.

저의 눈 속에는 어느덧 덩그러니 눈물이 고였는데, 할머니께 보여드리면 안 된다는 생각에 얼른 화장실로 가서 세수를 했는데, 아무리 찬물로 세수를 해도 두 눈 두덩이가 벌게진 것은 지울 수 없었습니다.

'규민아~ 울면 안 돼! 너 할머니께 좋은 모습 보여드리려고 이곳까지

온 거잖아. 니가 여기서 약해지면 할머니께서는 얼마나 마음이 아프시겠니?'

자꾸만 마음속에 저를 다잡으며, 다시 한 번 힘을 내라고 응원하였습니다. 다시 세수를 하고 나서 할머니가 계신 방으로 들어왔고, 할머니께서는 식사를 하고 계셨습니다.

이모는 할머니 머리에 비녀처럼 꽂은 호스를 풀더니 그 호스에 주사기를 연결시켜 주사기 위로 곡물음료를 주입하고 있었습니다.

"할머니는 입으로는 아무것도 못 드신다! 혀가 소태('짜다'라는 뜻의 경상도 사투리) 같아서 넘기지도 몬하고, 이렇게 하루 4번 드셔야 한데이~"

그러고는 아무렇지 않게 비어 있는 주사기 사이로 곡물음료를 넣고 있었습니다. 저는 더 이상 참을 수 없었습니다! 그리고 이해할 수도 없었습니다. 불과 몇 해 전까지만 해도 그렇게 건강하고 정정하시던 할머니께서 갑자기 이렇게 되셨다니, 도저히 믿을 수 없었고, 저의 목 위로부터 있는 구멍 전체에서 자꾸만 물이 쏟아져 흘러내려 도저히 견딜 수 없었습니다.

"왜 이래야만 되는 건가요? 왜! 왜! 늙게 되면 아프고, 병들고, 힘이 들며 살아가야만 하는 건가요? 21세기에 과학이 많이 발달했다고 운운하는 과학자들 이리 와서 이거나 좀 고쳐 봐요!"

시간이 얼마나 지났을까? 뭐라고 말을 해야 하는데, 아무 말도 나오지 않았습니다. 목이 메어 목소리가 나오지 않는 것이 아니라, 무슨

조동훈 자전에세이

말을 해야 할지 몰랐습니다! 그냥 그저 할머니 손을 꼬옥~ 잡고, 발을 주물러 드리고, 그 발에 입을 맞추며, 이야기를 이어 나갔습니다!

"할머니~ 저 잘살고 있어요! 밑에 부리고 있는 사람들도 많구요! 공부도 더 열심히 해서 훌륭한 사람 되려 해요~ 할머니 그러니까 할머니는 자식 걱정 아무것도 하지 말고, 늘 건강하고, 오래오래 사세요~! 아셨죠?"

그렇게 말하자 갑자기 표정 없던 할머니의 눈가에 눈물이 한 방울 떨어졌습니다. 그 눈물은 다른 눈물의 농도와는 전혀 다른 수많은 의미를 가졌습니다! 그리고 그 눈물은 행복의 눈물이고, 제게는 성장의 눈물이었어요.

아참! 할머니는 고스톱을 엄청 잘하세요! 노인정에서도 '요시'(일본말로 '그래! 이거야!'라는 정도로 해석됨)라고 별명이 붙을 만큼 고스톱을 잘하세요! 그래서 이모 집에 있는 화투를 꺼내어 할머니와 단둘이 치기 시작했어요.

그런데 이건 고스톱이 아닌 스톱고! 였어요. 패를 손바닥으로 펼쳐 보지 못하는 할머니께 한 장씩 넘기시면서 짝이 아닌 것을 내고, 그것을 가지고 본인의 자리에 깔고, 광은 '피'를 놓는 자리에……. 피를 초단과 청단자리에 옮겨놓으셨어요.

"이야~ 할머니 잘하시네요~ 역시 할머니한테 고스톱은 평생 안 되겠어요~^^"라며 저는 내리 3판을 졌습니다. 그렇게 대구에서의 무덥고

성장통

기나긴 여름밤은 지나갔습니다.

다음날 아침! 떠날 채비를 하고, 할머니께 큰절을 올리며 마지막 인사를 드렸어요.

"할머니 건강하시고, 오래오래 사셔야 해요~ 저 또 대구에 올게요^^"라며 떠나려던 찰나 제 손을 잡으며 장롱 서랍 깊은 곳에서 지갑을 꺼내어 무언가 주섬주섬 만지셨어요. 전 그것이 무엇일까? 궁금해서 한참을 살펴보았는데, 알고 보니 그건 할머니께서 몰래 모아둔 비상금이었어요.

두 장의 배추 잎사귀가 하늘을 휘~휘~ 날더니 이윽고 제 발 밑으로 떨어졌습니다. 그러고는 할머니께서는 씨익~ 웃으셨습니다. 제 눈에는 마르지 않은 눈물이 또다시 흘러내렸습니다.

"누가 지금 몰래카메라 찍는 거예요? 자꾸 왜 이렇게 제 심장을 요동치게 만드나요? 할머니 저 꼭! 다시 올게요~ 그때까지 건강하시고, 완쾌되셔야 해요~" 하며, 집을 나섰습니다.

하늘은 역시 햇볕이 따갑고, 땀방울이 볼 줄기를 타고 흘렀지만, 이번엔 더위를 조금도 느끼지 못했습니다.

樹欲靜而風不止(수욕정이풍부지)
"나무는 가만히 있으려고 하는데 바람이 가만히 두지 않는다."

- 공자

사랑하는 사람들을 위해 최선을 다하는 것은 이 세상에서 가장 아름다운 일입니다.
지금 여러분 곁에 부모님이 계시다면 꼭 안아드리고, 여러분 곁에 계시지 않다면 즉시 핸드폰을 열고 전화를 드리세요!
그리고 말하세요! 사랑한다고……. 낳아주셔서 진심으로 감사하다고…….

네이버 포토 블로그에 게시된 안영진(11dudwls) 님의 사진입니다.

Change of Thought

　“정난초! 네가 철도공무원이야? 매일 아침밥 먹을 정도로 한가하지?”

　맑은 물을 양산(量産)하는 정수기! 정수기란 일반적으로 정화되지 않은 물을 깨끗하게 만들어 사람들이 마음 편히 마실 수 있게 한다. 하지만 이제는 물을 정수시키는 정수기만이 아닌, 사람이 말하는 언어를 순화시키는 정수기가 나와야 할 것 같다. 일반적으로 말은 날아가는 화살보다 빠르며, 때론 듣는 사람에게 치명적인 아픔을 준다. 말을 할 때 여과 없이 뇌에서 준 감각신호를 바탕으로 그대로 입 밖으로 내뱉는 상사의 호통소리로 오늘 하루도 시작되었다. 매일 반복되는 가시 같은 말투와 회초리보다 따가운 상사의 눈초리! 그곳은 다름 아닌 ‘정난초’ 내가 다니고 있는 직장, 곧 일터라는 곳이었다. 이러한 상황은 비단 나에게만 국한된 것이 아니라, 내 주변 동료까지 적용되어 수직으로 내뻗은 가파른 언덕에서 썩은 동아줄 하나에만 의지하며 암벽등반을 하는 아마추어 선수들이다.

몰랐었다. 일을 하지 않던 지난날을 잠시 회상해보았다. 유독 무서운 나의 아버지께서는 내게 따가운 눈총과 씁쓸한 한숨을 지으셨고, 집안에서 내게 거는 기대에 스스로 부응하지 못한 나의 행동들이 자꾸만 나를 초라하게 만들어 방구석에서 움츠리게 하였다. 내가 일을 하고, 나 스스로 독립할 수 있다면 간이며 쓸개며 모두 빼내어줄 것 같았지만, 이렇게 사람들에게 인정받고 촉망받는 직장을 가지고 난 뒤 내 마음속에 공허함과 외로움은 끝없는 터널 속에 갇혀 있었다. 몸이 편하면 마음이 불편해지고, 마음이 편하면 몸이 불편해진다는 진리 속에서 늘 반복되는 지루한 일상과 싸웠고, 그 안에서 내 몸을 자꾸만 움직이며 무료함을 달래가려 애썼다.

학창시절! '정난초'라고 하면 친구들에게 인기 많고, 선생님께 사랑받는 학생으로 자라왔기에 아무런 걱정 없이 직장에서도 학창시절의 연장선! 그쯤으로만 우둔하게 생각했다. 그리고 앞으로 내게 일어날 모든 일들은 항상 바람이 내 몸을 감싸고, 태양의 밝은 빛이 나를 비추고, 온 세계가 나를 중심으로 음악을 연주했으면 하는 곳이 내가 생각했던 '일터'라는 유토피아였다. 하지만 나의 선배들은 턱까지 내려온 다크 서클이 마치 동물원의 판다 곰을 연상케 하는 퀭~ 한 눈을 가졌고, 컨베이어벨트처럼 돌아가는 자신의 기계적인 모습을 발견할 수 있

조동훈 자전에세이

다고 했다. 그들은 해가 뜨기 전에 출근하여 달이 잠들기 전까지 일하면서 자신의 이동 공간을 설정하고, 그 이동 공간 이외에는 움직이지 않는 그런 사람들이었다. 늘 제 자리에 맴돌며, 수십 개의 결재문서와 책상 위에 놓인 백색 바탕의 흑색 글씨들…….

어떤 성인이 말했던가? "세상을 볼 때에는 먼저 숲을 보아야 합니다. 넓게 생각하고, 멀리 바라보는 여러분이 되세요!"라고…….

하지만 현실에는 그와 정반대로 잎사귀만 만지작거리고 있었다. 하루에 천 통화가 넘는 전화를 응신하며, 서류를 결재 받을 때에도 같은 내용, 같은 보고서이지만, 결재를 받기 전 상사의 방문을 똑똑 두드리기 전 문 틈 사이로 들려오는 상사의 감정 기복상태에 따라 내가 기안한 문서가 'Good이냐? Bad냐?'가 될 수도 있다는 것은 뒤늦게 깨닫게 된 사실이었다.

이렇게 고된 하루를 보내고 퇴근하면 피곤하여 '침대'라는 바다에 풍덩 빠져 축~ 처진 한 마리 오징어가 된다. 하지만 자꾸만 겁이 났다. 그것은 사실이었다. 처음에는 출근하는 것조차 그리고 내일의 해가 뜨는 것조차 자꾸만 자꾸만 무서웠으니까…….

침대라는 바다에서 움츠러든 나의 몸은 자꾸만 더 움츠러들었다. 하지만 그때마다 나 자신에게 "힘내!" 하고 외쳤다. 마치 바다에서 잡은 오징어 귀를 혀로 쓰윽~ 핥고, 굳은살이 움튼 발 뒷꿈치로 말린 오징어 귀를 펴듯~ 활짝 편 포부와 희망을 가지고, 잘 때만큼은 똑바로

성장통

편히 자야 한다며 나 자신에게 자신감을 계속 불어넣었다.

이렇게라도 하지 않으면 스스로 갇힌 공간에서 아집과 고정관념에 빠져 넓은 사고를 할 수 없기에……. 나의 자신감과 의지는 점점 나를 성장시키고 자라게 하였다. 그래서 자꾸만 부서지는 마음 조각들을 맞추기 시작했고 구부러지는 몸을 연신 펼쳤다.

신께서는 여자에게는 아이를 낳는 산통을, 남자에게는 평생 땀 흘려 일해야 하는 고행(苦行)의 길을 걷게 하셨다. 이제는 그 피할 수 없는 고통을 즐기기 위해 다시 힘찬 하루를 시작한다. 그리고 총성 없는 전쟁을 벌이고 있는 일터에서 내게 필요한 절대단어를 습득하게 되었다.

첫 번째! 삶을 살아가며 위기를 현명하게 대처하는 지혜!

두 번째! 나 자신을 작게 만들지 않고, 타인이나 나 스스로 인정받게 하는 성실!

세 번째! 내 입장을 고수하지 못한 채 색깔 없이 살지 않는 강한 줏대와 소신!

특히 소신은 정말 중요한 절대단어로, '믹서 속에 들어가는 과일이 되어 소용돌이쳐 버리느냐? 아니면 믹서 버튼을 직접 누르는 입장에서 살겠느냐?' 하는 관점이다.

마지막 네 번째는 삶 속에서 급한 것만 처리하여 정작 자신만의 시간을 가졌을 때 급박했던 일상에서 벗어나게 만드는 삶의 여유!

이 네 단어! 지혜, 성실, 소신, 여유가 나의 삶 속에서 진정 중요하다는 것을 알았다. 하루에 4~5시간밖에 잠을 자지 못하고, 끼니도 제때 챙겨 먹지 못할 때가 부지기수이지만, 내 삶은 내가 개척해 나가는 것이고, 내가 인생의 주인공이다. 나의 이름 '정난초'! 비록 지금은 잡초처럼 살고 있고 바람에 흔들리지만, 언젠가는 많은 사람들에게 난초와 같은 기개와 열정을 준다는 확신을 가지고, 오늘도 높은 산을 계속 오르는 중이다.

지불해야 할 세금이 있다면 그건 나에게 직장이 있다는 것이고, 파티를 하고 나서 치워야 할 게 너무 많다면 그건 친구들과 즐거운 시간을 보냈다는 것이고, 옷이 몸에 조금 낀다면 그건 잘 먹고 잘살고 있다는 것이고, 깎아야 할 잔디, 닦아야 할 유리창, 고쳐야 할 변기가 있다면 그것은 내게 집이 있다는 것이고, 정부에 대한 불평불만의 소리가 들리면 그것은 언론의 자유가 있다는 것이고, 주차장 맨 끝에 자리가 하나 있다면 그건 내게 차가 있다는 것이고, 난방비가 너무 많이 나왔다면 그건 내가 따뜻하게 살고 있다는 것이고, 교회에서 뒷자리 아줌마의 엉터리 성가가 영 거슬린다면 그건 내가 들을 수 있다는 것이고, 세탁하고 다림질해야 할 일이 산더미라면 그건 나에게 입을 옷이 많다는 것이고, 온몸이 뻐근하고 피로하다면 그건 내가 열심히 일했다는 것이고, 이른 새벽 시끄러운 자명종 소리에 깨어났다면 그건 내가 살아 있다는 증거이고, 날마다 쌓이는 이메일이 많다면 그건 당신을 생각하는 사람들이 그만큼 많다는 것입니다.

- 작자 미상의 『생각을 바꿔보라』 중에서

네이버 포토 블로그에 게시된 **칠칠이(33ice)** 님의 사진입니다.

Talk! Play~ Love

이수한! 스물여섯! 일탈을 꿈꾸는 모범생인 나! 가슴속에 넓은 우주를 품고 자유로이 유영하는 상상을 자주 하곤 한다.

즐거운 금요일 저녁! 어김없이 나의 경쾌한 발걸음은 홍대로 향했다. 홍대는 젊은이의 거리이고, 무방비라는 자유 속 일탈의 선이 그어진 곳이었다. 요즈음~ 나는 자꾸만 그 선을 오르락~ 내리락~ 하고 있다. 러시아워를 방불케 하는 밤 11시! 지하철의 안내방송은 홍대입구라고 알림방송을 하였다. 자리에서 일어나 내리는 입구로 가 문이 열리기만을 기다렸다. 아직 지하철은 목적지에 도착하지 않아 검은 터널에 비춰진 내 얼굴과 옷맵시를 자세히 점검하고 빤히 들여다보았다. 그 모습은 아까 보았던 이수한의 모습과는 사뭇 달랐다.

구속과 속박의 틀에서 벗어난 한 마리 새와 같은 자유로운 영혼 이! 수! 한! 난 오늘 이 세상에서 가장 자유로운 영혼으로 거듭 태어나게 된다. 지하철에서 내려 바깥을 통하는 입구에서 잠시 멈추어 섰다. 아니 멈추었다기보다 바깥으로 나가려는 사람들이 너무 많아 줄을 서서 기다리고 있다는 표현이 적당했다.

마치 그들은 우물 안 개구리에서 우물 밖 세계를 동경하며 당찬 점프라도 하듯 앞으로 조금씩 발을 내딛어 지하철 출입구 바깥으로 나가고 있었다. 몇 분이 지났을까? 바깥으로 몸을 내민 나는 내가 모르는 또 다른 세상과 만났다. 휘황찬란한 조명과 자신들의 목소리를 높여가며 웅변연설을 하는 젊은 청년들! 거리에 버려진 전단지마저 자유로움으로 펄럭거렸다. 아마도 뭇 사람들은 나를 이상하게 생각할지도 모른다.

거리에 내버려진 전단지에서 자유로움을 느끼다니? 하지만 내가 살고 있는 B지역은 쓰레기는커녕 모든 건물도 다 균일규격대로 만들어지고, 모두 똑같은 유니폼을 입으며, 똑같은 말과 행동을 반복하는 곳이었다. 그러다보니 자연스럽게 거리에 자유로이 버려진 전단지에서 자유를 느끼는 것은 당연하지 않겠는가?

어쨌든, 나는 그동안 늘 가고 싶었고, 미지의 그곳인 클럽을 가게 되었다. 이곳에서 난 춤이라는 것을 최초로 접하게 되었다. 그동안 나의 놀이문화는 노래라는 코드에서 멈추어 있었고, 춤은 그저 학교에서 날라리들이나 하는 저급한 문화라고만 생각했었다. 하지만 춤은 내게 신선한 충격으로 다가왔다.

조동훈 자전에세이

거리를 활보하던 사람들이 한정된 공간에서 일정한 비트에 맞추어 몸을 흔들어 자신의 내면의 감정을 소리 없이 표출한다는 그 멋! 춤은 나에게 마음속 우주공간의 대폭발인 커다란 빅뱅을 가져왔다. 사랑과 춤은 어딘가 공통점이 있었다.

첫째! 사랑과 춤은 황홀감을 준다. 그 황홀감은 너무나 찬란해서 단지 그 몇 시간의 즐거움을 위해서라면 남은 생(生) 전부를 희생해도 좋다고 생각했다. 둘째! 나의 내면 속에 자리 잡은 고독감이라는 녀석을 하나의 떨리는 의식으로 이 세상 너머로 떼어지고 차가우면서 생명 없는 끝없는 심연을 바라보는 공포심마저 떨쳐버리게 해주었다. 마지막으로 사랑과 춤은 나로 하여금 어떤 끈끈한 밥풀 같은 결합 속에서 나만이 느끼고 상상하는 천국의 신비로운 축복 같아 보였다.

지난번 도서관에서 읽은 최인훈의 소설 『광장』이 떠올랐다. 소설에서는 밀실과 광장이라는 이념의 대립이 등장한

다. 우선 밀실이란 내면에 있는 자신만의 삶의 공간이며, 광장이란 사회적 삶의 공간을 의미한다. 바람직한 인간의 삶이란 이 두 가지 삶의 방식이 상호작용하며 균형을 이루는 것인데, 그 과정에서 한 사회의 역사적 조건과 상황을 주체적으로 수용해 나가는 노력이 요구된다.

광장에서는 주인공 이명준이 철학도로서 밀실에서 현실적인 이유를 이념의 공간인 광장을 찾아 월북하고, 월북 후 자신이 생각한 세계와는 다른 광장의 모습을 보고 절망한 후 사랑하는 애인 은혜와의 밀실을 기도하게 되는 것으로 나타나 있다.

사실, 홍대의 클럽은 내 삶의 광장과도 같았다. 내 삶은 마치 영화 〈아일랜드〉의 이완 맥그리거와 같았다. 나의 삶은 위에서 시키는 대로 하고, 말도 특별히 정해놓은 내규는 없지만, 회사에서 정해놓은 예

조동훈 자전에세이

규대로 대답을 했어야 했다. 때론 시키는 대로 움직이는 꼭두각시나 로봇으로 살아온 거 같았다. 난 그 공간에서 탈피하고 싶었고, 그러한 내 도피처와 탈출구는 춤을 추는 클럽이었다. 난 그곳에서 자유를 느끼고, 해방감을 찾았다. 어느 누구도 나에 대해 신경 쓰지 않았고, 익명성이 보장된 삶 속에서 나의 변화의 자유는 점점 그 꿈을 이루어나가고만 있는 것 같았다.

눈을 감고, Let's Get It Started의 Black Eyed Peas이나 T-pain의 freeze, aliciakeys의 no one 비트는 날 자유롭게 해주었다. 난 날고 싶고, 해방되고 싶고, 자유롭고 싶었다. 지금까지의 모습에서 탈출하여 그 안에서 어느 누구의 간섭과 눈길과 관심조차 받는 것을 모두 거부했다.

…… 하지만 이 클럽문화도 익숙해지다 보니 문화의 폐단이 보이기 시작했다. 끊임없이 내 뿜어대는 청년들의 담배연기와 눈의 피로를 가중시키는 레이저 조명…… 원색적인 스포트라이트! 그리고 무엇보다 나를 참을 수 없게 만드는 것이 하나 있었으니 그것은 바로 '허탈감'이었다.

재미있던 그 생활에서 새벽 5시가 되어 클럽을 빠져나와 새벽이 밝아오는 하늘을 보니 나도 모르게 허탈감이 엄습했다. 왠지 모를 죄책감과 나 자신의 위치를 떨어뜨리는 자존감 등이 나를 자꾸만 에워싼다. 춤을 추며, 한손에는 KGB 술병과 다른 한손에는 던힐 담

성장통

배 한 개비를 쥐고 자꾸만 "네가 아니잖아! 네가 아니잖아!"를 외치고 있었다.

혼란스러웠다. 지금은 그러한 문화를 즐기지 않고 다른 색깔의 문화를 즐기고 있지만, 회복속도가 빠르지 않았다. 좋았지만 시간이 지나면서 찾아오는 공허함! 그것은 어떻게 설명할 수도 없었고, 어느 누구 하나 시원하게 답해주지도 않았다. 그리고 그저 숨겼다. 바깥으로 꺼낼 수 없는 나만의 고통이자 애환이었다.

그동안 나는 거북과 같았다. 세상을 바라볼 때 밀실(내가 살던 공간)에서 고개를 쭉 빼어놓고 살고 있다가, 나만의 세상으로 들어가기 위해 고개를 쑤~~욱~~ 집어넣었을 때 '광장(클럽)에서 혼란스러움을 느끼고 얼마만큼 앞으로 나아갔나?'라고 뒤를 돌아보았을 때 사상과 이념의 이분법에서 벗어나지 못해 제자리걸음만 하고 있었던 것이었다. 스물여섯의 방황은 자꾸만 나를 제자리걸음만 하게 할 뿐이었다.

이런 삶 속에서 나는 일탈을 자주 꿈꾸었지만, 그럴수록 피폐하고 황무지 같은 내 마음을 후회하게 만들기도 했다.

하지만 이제 그런 후회는 하지 않는다. 좀 더 일찍 어린 나이에 깨달았고, 그 속에서 나 자신만의 색깔과 중심을 찾아 이동하며 여행하는 방법을 배웠기 때문이다. 그리고 나의 춤은 계속될 것이다.

이런 독특한 시·공간적 체험은 내게 세상을 새롭게 바라보는 눈을 길러주었다. 즉 사물을 다양하고, 변화무쌍한 관계의 구조로 관찰하는 습관을 갖도록 하는 것이었다.
- 예술가 이중근

춤은 나에게 초현실주의 예술과도 같았다. 그것은 인간의 내면에 숨겨진 생각과 감성들을 해방시키는 내게 유일한 예술이었다. 이러한 대혼란(havoc)을 겪으면서 난 다시 한 번 느꼈다. 잘잘못을 따지는 것은 세상에서 중요하지 않다. 다만 솔직해져야 한다. 내 삶을 재조명하고, 그 삶 속에서 솔직해져야 한다.
여러분! 누구나 솔직할 수 있는 건 아닙니다. 진실의 아름다움은 그 무엇과도 비교할 수 없습니다. 솔직함은 겸손이며, 두려움 없는 용기입니다. 잘못으로 부서진 것을 솔직함으로 재건한다면 그 어떤 폭풍에도 견딜 수 있는 강인한 것이 될 것입니다. 가장 연약한 사람이 솔직할 수 있으며, 자신을 잘 아는 사람만이 결국 자신을 진실하게 드러낼 수 있습니다.

네이버 포토 블로그에 게시된 **석구디투(jeremilee)** 님의 사진입니다.

가가호호(家家戶戶)

가가호호 1탄

바스락~ 바스락~ 천장에서는 또다시 쥐들 사이에 한바탕 전쟁이 일어나고 있었다. 그 전쟁은 모든 세상이 고요히 잠든 새벽 3시에 어김없이 시작되어 새벽 5시까지 이어졌다. 혈전(血戰)이 일어나지는 않지만, 뒤엉키고 때굴때굴 굴러 천장 바닥이 덜컥~ 덜컥~ 하며 소리가 났고, 그들의 전쟁놀이(약육강식의 세계에서 세력다툼이라고 칭하자!)로 인해 천장에서 굴러 떨어지는 미세입자의 먼지들이 곤히 자고 있는 나의 코와 입으로 들어와 크게 고개를 끄덕여 재채기를 하여 결국 나의 단잠을 깨우고 만다. 이게 벌써 한두 번도 아니고, 매일 이런 식이다 보니 내 옆에는 항시 파리채 하나가 놓여 있었다. 그 파리채는 파리를 잡는 목적도 있었지만, 근본적인 취지는 쥐들의 발걸음을 잠시라도 멈추려는 일종의 회초리와 같은 것이었다. 난 재빨리 일어나 옆에 놓인 파리채를 거꾸로 집어 들고, 쥐들이 찍찍~ 소리를 내는 곳으로 파리채를 마구 올려쳤다.

"이놈의 쥐새끼들…… 잠 좀 자자! 도대체 몇 마리나 있는 거야?"라며 날아가버린 잠을 다시 청했다. 내가 사는 기숙사에는 유난히 쥐들이 많다. 아마도 우리 집에만 4~5마리 정도의 쥐 가족이 살고 있는 듯하다. 그들은 현재 나와 공생하고 있는 가족이다. 하지만 이 집주인(쥐)은 나보다 오래전 이곳에 터를 닦고 발을 디뎠다.

어제는 꿈속에서 그들 중 아빠로 보이는 쥐가 이 집의 토지대장을 꺼내들어 내게 보이며, 이 집은 자기 소유라고 주장하는 이상한 꿈도 꾸었다.

어찌 보면 강혁 선배, 성은 선배, 나로 구성된 이 집의 세 식구보다 더 많은 식구가 살고 있는 그들은 스스로 자처하여 어둡고 습한 천장에서 살고 있으니 고마운 일(?)이기도 하다. 하지만 아무리 너그러운 마음을 가져도 참지 못할 사건이 벌어지고 말았다. 늦은 밤 집에서 케이블 텔레비전으로 하는 영화를 보고 있었다. 영화 제목은 〈주온〉!

백색 밀가루를 덮어쓴 여인네가 소심한 트림을 하며 주인공을 위협하는 장면이었다. 나의 무서움은 절정에 달해 있었고, 나의 모든 오감 신경은 초바늘처럼 곤두서 있었다. 바로 그때였다.

탁…… 하는 소리와 함께 텔레비전과 형광등이 꺼져버린 것이었다. 순간! 난 소리를 지를 수도 그 자리에서 움직일 수도 없었다. 10초 정도 지났을까? 깜깜한 방안에서 찾은 핸드폰 폴더를 열고, 두꺼비집을 찾기 위해 벽을 더듬어가고 있었다.

3분쯤 헤맸을 무렵 드디어 두꺼비집을 찾았다. 두꺼비집의 내려진 전원을 올리려는 찰나! 난 외마디비명을 지르며 그 자리에 털썩! 주저앉아 버렸다. 그것은 바로 내려가 있어야 할 두꺼비집의 스위치가 고개를 빳빳이 들고 켜져 있는 것이 아닌가?

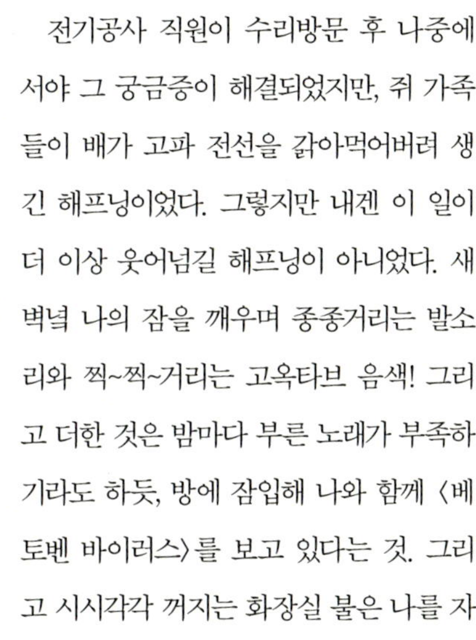

전기공사 직원이 수리방문 후 나중에서야 그 궁금증이 해결되었지만, 쥐 가족들이 배가 고파 전선을 갉아먹어버려 생긴 해프닝이었다. 그렇지만 내겐 이 일이 더 이상 웃어넘길 해프닝이 아니었다. 새벽녘 나의 잠을 깨우며 종종거리는 발소리와 찍~찍~거리는 고옥타브 음색! 그리고 더한 것은 밤마다 부른 노래가 부족하기라도 하듯, 방에 잠입해 나와 함께 〈베토벤 바이러스〉를 보고 있다는 것. 그리고 시시각각 꺼지는 화장실 불은 나를 자꾸만 공포 속으로 몰아넣어 가고 있었다. 그뿐만이 아니었다.

며칠 전 빨랫감이 많아 세탁기에 모조리 꾹~꾹~ 눌러 넣고 빨래를 한 다음 세탁기 뚜껑을 열었을 때 온몸의 털이 빠져 죽어 있는 쥐와 내 옷에 묻은 그의 잔털들……. 아꼈던 셔츠와 선물 받은 바지는 고스란히 쓰레기통으로 향했다.

이젠 더 이상 참을 수 없었다. 참는 데에도 한계가 있었다. 우리 식구는 대책회의에 들어갔다.

'일명 톰과 제리 작전' 작전구상 및 모의회의 중…….

작전이 개시되는 날! 강혁 선배는 전투화와 고무장갑을, 성은 선배는 빗자루를 들고 쥐들의 서식지인 베란다로 향했다. 베란다에는 네모난 종이박스 하나가 있었는데, 아마도 그 안에 살고 있는 듯했다. 성은 선배가 빗자루 꼬리로 네모난 종이박스를 걷어찼다. 그러더니 우두둑~ 하면서 쥐들이 박스를 바디체크(아이스하키에서 일어나는 몸싸움)하는 것이 아니겠는가? 그 순간 갑자기 대한의 건아 3명은 냅다 비명소리를 질렀다. 그것도 밤 11시에……^^

결국~ 난 너무 놀라 베란다 문을 잠가버렸다. 톰과 제리 작전이 끝난 후 두 선배는 내게 서운하다고 말했다.

어쨌든 톰과 제리 작전은 성공이었다. 입구가 하나밖에 없었으니, 나오는 쥐들은 성은 선배의 검도실력으로 묵사발이 되었고, 장렬하게 전사(戰死)한 제리(?)의 코에서는 코피가 흐르고 있었다. 우리가 잡은 쥐는 총 4마리! 100L나 되는 쓰레기봉투에 한 마리씩 거하게 안장시켜주었다. 그리고 아직도 선배들을 만나면 그때의 톰과 제리 작전을 상기하며 소주잔을 부딪치곤 한다.

가가호호 2탄

세상 어느 것도 두렵지 않고 늘 당당했던 초임장교 시절의 이야기다. 한여름에는 36도를 웃돌고, 한겨울에는 영하 30도를 왔다 갔다 하는 최전방에서 근무했기 때문에 숙소라 하여 따로 복지여건이 좋은 곳이 아니었다.

그곳은 단지 잠만 청하며, 나머지 시간은 부하들과 함께 보냈다. 난 그곳에서 집의 소중함과 안락함 그리고 집은 편하고 좋은 곳에서 살아야 한다는 것을 절실히 느꼈다. 내 방은 일자로 된 통로의 맨 끝인 1호실이었고, 맞은편 2호실은 자물쇠로 잠긴 채 창고로 사용되고 있었다. '왜 저곳은 창고로 사용될까?' 하는 의문이 생겼지만, 바쁜 업무처리를 해야 했기에 별다른 신경을 쓰지 않았다. 그저 매일 아침마다 일어나면 어깨와 허리가 아프고, 밤마다 누군가에게 쫓기는 악몽을 꾸는 것을 제외하고는…….

1년쯤 생활하고 난 뒤 다른 곳으로 전출을 가게 되었다. 나는 이사 준비를 하기 위해 방 정리를 하고 있었다. 책과 옷가지를 정리하고 마지막으로 침대를 들었다. 나의 침대는 방이 비좁아 침대다리가 없었고, 매트리스만 있는 침대였다. 매트리스를 들었을 때! 아랫부분이 푸~~욱~~ 젖어 있어서 깜짝! 놀랐다.

의심이 들어 바닥 장판을 들추어보니, 그곳에는 커다란 맨홀 뚜껑이 하나 있었고, 맨홀 뚜껑을 열었을 때! 난 기절하고 말았다. 그 맨홀 뚜껑 안에는 물이 철썩~철썩~ 넘쳐 흐르고 있었기 때문이다.

그동안 나는 하수처리장 위에서 잠을 자고 있었던 것이다. 나중에야 알게 된 사실이지만, 준공 당시 입지가 확보되지 않아 오·폐수 처리장 위에 숙소를 지었다고 했으며, 공사 중 인부 한 명이 자재더미에 깔려 사망했는데, 그곳의 위치가 내가 살고 있는 앞방인 2호실이라는 것이었다. 난 아직도 그 생각만 하면 머리가 쭈뼛쭈뼛 서고, 등줄기에서 땀이 흘러내리곤 한다.

가가호호 3탄

스물세 살 사관생도 4학년 때! 유격훈련을 갔었다. 유격훈련은 그 명성대로 혹독한 훈련으로 정평이 나 있다. '죽기 아니면 살기'라는 마음가짐으로 임해야 수료를 할 수 있다고, 선배들이 하나같이 조언해주었다. 유격훈련 1주일 동안 나는 매일 아침에는 자고, 밤에는 걸었다. 수십~ 수백 리를 걸어 다리는 모두 풀려 힘이 없었고, 침을 뱉어도 물이 아닌, 무스처럼 침방울이 하나도 없었다.

훈련 마지막 날! 새벽이 다 되어서야 산 정상에 도착했다. 온몸에는 땀이 났고, 하늘에서는 비가 내리고 있었다.

땀을 흘린 후 맞은 비로 기분은 좋아졌지만, 시간이 지날수록 추위를 느꼈다. 빗줄기는 처음보다 거세어져 멈추지 않았고, 그 속에서 동기들은 하나둘씩~ 눈을 감고 잠을 자기 시작했다. "자면 안 돼! 여기서 자면 죽어!" 하고 누가 얘기하는 것을 어렴풋이 들었고, 마치 타이타닉의 '잭(Jack)'이라도 된 느낌이었다. 난 그 이후로 어디서나 잘 잔다!

달리는 기차 위에서도 피곤하면 잘 수 있을 것 같다. 지금까지 살면서 많은 곳에 이사를 다녔지만, 항상 느끼는 것은 내게 너무나 많은 일들이 일어나고 그 일들은 매순간 내게 너무 소중한 경험이 된다는 것이었다.

가가호호~ 끝@!

나의 집! 남편과 나와 아이들이 함께 어우러져 살아가는 포근한 집! 가족이라는 세상에서 가장 아름답고 소중한 관계가 존재하는 집! 그런 '집'이 내게 있다는 것이 너무도 감사할 따름입니다.

- 박경리의 『집』 중에서

여러분은 어떠한 집에서 살고 있나요? 층층이 접혀 올라가면서 주름 잡히는 로만셰이드 커튼이 있는 집인가요? 아니면 침대 머리맡에 달아놓은 날개 달린 브래킷이 있는 집인가요? 그것도 아니라면 스모그글라스 창문으로 문을 닫아도 답답해 보이지 않고, 시선 차단 효과가 높아 파티션 용도로도 사용되는 방문이 있는 집인가요? 예부터 어른들은 살면서 의식주가 편해야 한다고 늘 말씀하셨습니다.
주(住)인 집은 그만큼 소중합니다. 하지만 집보다 더 소중한 것은 그 안에서 누구와 함께 살고 있냐는 것이겠죠? 전 소망합니다! 여러분이 최고로 사랑하는 사람들과 함께 행복한 집에서 살게 되기를…….

81

네이버 포토 블로그에 게시된 **미나(minife)** 님의 사진입니다.

조동훈 자전에세이

내일모레 서른……

　나의 하루하루는 테트리스 게임과도 같다. 이순신 장군이 새겨진 동전 2개를 넣으면 경쾌한 음악이 흐르고, 광대가 나와 빠른 비트에 맞춰 춤을 추며, 게임방법을 자세하게 알려준다. 하지만 게임방법은 단 한번만 알려준다.

　그리고 이내 광대는 문을 열고 들어가 버린다. 그리고 곧 게임이 시작된다. 흥겨운 멜로디와 천천히 내려오는 블록 사이에서 때로 시시함마저 느끼기도 하고, 첫판에서 게임오버(game over)되는 일은 없다. 칸을 채워 없애기에 좋은 모양의 블록들이 계속 쏟아진다. 한 번의 실수로 빈틈이 생겨나도 곧 실수를 만회할 수 있다.

　하지만 시간이 지나고, 게임에 익숙해질 무렵 속도가 빨라지며 실수로 인해 생겨난 틈! 그 맞춰놓은 틈 사이로 뜻하지 않은 모양의 블록들이 내려오기 시작한다. 점점 신경이 곤두선다. 흥겨운 음악소리는 더 이상 내게 흥겨움으로 다가오지 않고, 나를 재촉하는 무던한 8비트의 음악소리에 지나지 않는다. 자꾸만 나를 재촉하고, 빨라진 블록의 속도가 나의 판단을 흐려놓기까지 한다.

"빈틈없이 블록을 채워 넣기만 하면 돼! 어떻게든 칸을 채워 없애자!"라며 나를 일으켜 세우지만, 한 번에 하나씩 없애기엔 내 맘 같지 않은 모양의 블록들이 쏟아진다. 칸은 사라지지 않고, 블록들은 차곡차곡 쌓여가기만 한다. 이럴 때 긴 막대블록! 그놈만 나오면 한숨을 돌릴 수 있으련만…….

손가락을 재촉하는 요란한 음악소리! 조금 전 나에게 게임방법을 알려주었던 광대들이 나와 자꾸만 춤을 춘다. 빨라진 게임속도! 반 이상을 갑갑하게 꽉 채운 블록들! 정돈되지 않고, 여기저기 어지럽게 쌓여만 가는 블록들이 마치 나의 인생과도 같다. 게임오버 당하지 않으려면 언제든 요긴하게 쓰이는 긴 막대블록이 필요하다. 그래야만 이 빠른 흐름 속에서 한숨 돌릴 여유를 찾을 수 있다.

내 인생의 여유로운 긴 막대(멘토)를 어서 빨리 찾아야만 할 텐데……. 아님 어디에도 없을 그 멘토가 내가 되어버려 멘토 1호점을 개업해야 할 텐데…….

……

2009년 여름의 햇볕은 땅도 집어삼킬 정도로 정말 따가웠습니다.

길거리를 조금만 걸어도 온몸에 땀이 흘러내려 하루에도 두 번씩 옷을 갈아입을 정도였으니까요. '이런 더위에 피서라도 떠났으면' 하는 마음은 자꾸만 커져 갔고, 저는 일정과 계획 없이 무턱대고 부산 해운대를 찾았습니다. 영화에서 보던 광안대교가 한눈에 들어왔고, 광안리 해수욕장을 지나 해운대로 가는 발걸음은 오랜만에 바닷가에 온 터라 설레는 마음까지 들었습니다. 푸른 바다와 하늘의 조용한 움직임 속에서 발가락에 스며들며 인사하는 파도는 너무나 보고 싶은 연인을 만난 듯 제 마음까지 행복해졌습니다. 하지만 그 안정감도 잠시, 누군가가 해운대에 이상한 마법을 부린 걸 목격했습니다. 수십만의 인파가 몰린 부산 하늘 아래, 그곳에서 찾은 신기한 마법 같은 현실!

그것은 사람들이 가지고 있는 나이테였습니다. 딱 보기에도 십대 후반의 교복 입은 학생들과 어색한 색조화장과 빈약한 몸매를 자랑하는 몸짱인 이십대 초반의 남녀들! 3~5살짜리 아이의 수영복을 입혀주며, 파라솔 아래로 자리를 잡은 삼십대 중반의 사람들 속에서 저는 어쩌면 그 마법 백사장에 초대받지 않은 이십대 후반이었습니다. '이 시간! 이 더운 날! 황금 같은 주말! 과연 이십대 중반에서 삼십대 초반의 사람들은 어디에서 무엇을 하고 있는 것일까?'라는 생각이 문득 들었습니다. '어쩜 아직도 그들은 오락실 귀퉁이에 쭈그려 앉아 테트리스 게임에 열중하고 있는 것은 아닐까?'라는 심심한 생각이 저의 머릿속을 지배하기 시작했습니다. 그들의 청춘을 보상받기 위한 휴가는 마치 긴 고무줄을 배에 묶고 떠나는 외출과도 같았습니다.

그 외출의 출발은 달콤한 것 같지만, 시간이 지나고 멀리 도망가면 갈수록 더욱 팽팽해져 갑니다. 그리고 짧은 2박 3일의 외출을 마치고, 돌아올 때에는 누군가가 팽팽해진 고무줄을 잽싸게 잡아당겨 창창한 청춘은 넘어져 양 무릎은 까지고, 옷에는 흙먼지가 가득합니다.

휴가다운 휴가를 보내지 못한 그들은 빠른 속도로 떨어지는 블록을 마저 채우고 없애기 위해 똑같은 일을 반복하기 시작합니다. 그들은 사춘기라는 시기를 끝낸 사추기를 겪는 세대입니다. '세상이 모두 내꺼!'라고 하기에 세상이 너무 크다는 사실을 알아버린 청춘들! 하지만 실망하고, 실패하기에는 아까운 시간들! 우리는 그 시간들 앞에서 당당히 맞서며, 돌진해야 합니다. 그리고 지금 이 시기를 겪고 있는 당신은 지극히 정상인 청춘입니다.

지금의 모든 일이 힘들고 외롭겠지만, 지금 이 순간 이 고통들이 너를 자라게 해서 다른 사람을 감격시킬 거야! 나는 네 미래를 기대해!

- 잘 지내요! 청춘, Soulmate in Tyoko중에서

두 목수가 통나무 자르기 시합을 벌였습니다. 누가 더 많은 통나무를 잘라 땔감으로 쓰이는 막대나무로 만드느냐 하는 시합이었습니다. 이 시합에서 한 목수는 쉬지 않고 통나무를 자르기 시작했고, 한 목수는 50분 동안 나무를 베고 10분 동안 휴식을 취했습니다. 시합이 시작된 지 10시간이 지났습니다. 시합의 결과는 과연 어떻게 되었을까요? 결과는 쉬지 않고 통나무를 자른 목수보다 10분 동안 휴식을 취하면서 통나무를 자른 목수가 승리하였습니다. 내기에서 진 목수가 비지땀을 닦으며 휘파람을 불고 있는 목수에게 다가갔습니다.

"난 쉬지도 않고 통나무를 베었네! 그런데 어떻게 자네가 나보다 통나무를 더 많이 벨 수 있었지?"

그러자 휘파람을 불던 목수는 이렇게 대답했습니다.

"난 자네도 알다시피 50분 동안 통나무를 베었지! 하지만 10분 동안에는 도끼의 날을 갈았네!"

여러분! 신체의 피로와 심적인 공허함을 해결해줄 수 있는 여행을 떠나세요! 그 여행 안에서 여러분은 도끼날도 갈고, 긴 막대블록을 찾으세요! 그리고 유레카(olleh~~)!라고 외치며, 그 긴 막대를 여러분의 삶(Tetris) 속에 있는 오른쪽 깊은 구석에 넣어버리세요!

네이버 포토 블로그에 게시된 **제이아르(jrdreams)** 님의 사진입니다.

시대정신(時代精神)

몇 달 만에 다시 찾은 광한루 정자에는 여전히 자라바위 하나가 늠름하게 그 자태를 뽐내며 자리 잡고 앉아 있었습니다. 하늘의 여우비는 자꾸만 거세어져 광한루 정자라는 큰 우산 속에 들어가 떨어지는 빗방울을 하염없이 바라보았습니다. 회색빛 벽돌이 빗방울 물감에 덧칠되어 검고 짙은 회색 빛깔로 변할 때쯤……. 저는 지난 과거와 현재 그리고 앞으로 눈앞에 펼쳐질 미래에 대해 곰곰이 생각해보았습니다.

지난 27년 동안의 삶 속에서 느꼈던 수많은 덕목 중 제게 가장 소중했던 것은 돈도 명예도 아닌 바로 믿음(신뢰)이었습니다. 남녀 간의 사랑에 따른 정신적인 교감! 친구간의 끈끈한 우정, 부모와 자식 간의 애정 등 모든 밀접한 인간관계는 믿음(신뢰)에 의해 좌우되었습니다. 빛의 속도처럼 빠르게 펼쳐지는 인간관계의 흐름 속에서 첫인상이 주는 신뢰의 중요성은 대단히 큽니다. 누군가와의 미팅 약속은 반드시 지켜야 하며, 지키지 못할 약속은 미팅 전 약속을 지키지 못하는 취소 협조를 구해야 합니다. 이런 단순한 일련의 절차들이 무시되면 인간관계가 어렵게 이어집니다.

이렇게 되면서 함부로 약속하지 않는 신중함이 생기며, 제겐 한결같은 성실함 속에서 신뢰, 즉 상대방에 대한 믿음들이 자랐습니다. 제 나름대로의 원칙과 기준을 세우고, 그 목표를 성취했을 때 제 자신에게 작은 축하를 해주는 것도 세상에서 작은 귀중한 경험들이었습니다.

두 번째로 제가 느낀 것은 자신이 하고 있는 일에서 전문가가 되는 것입니다. 일의 좋음과 싫음, 자신에게 맞는 일과 그렇지 않은 일을 떠나 현재 내가 속한 조직에서 전문인이 되기란 뼈를 깎는 각고의 고통과 꺼지지 않는 열정이 필요합니다.

목표를 성취하겠다는 열정과 노력이 때로는 실패와 좌절이라는 짠 소금이나 신 레몬과 같이 얼굴을 찌푸리게 만들지라도 그러한 고통들이 전문가의 경지로 가기 위한 단계인 것도 아시나요? 그 계단을 올라가기 위해 직각인 부분과 맞닥뜨릴 때에는 절대 주저앉아서는 안 되며, 하늘을 향해 두 팔을 쭉~ 뻗고 산에 오르듯 힘을 내야 합니다.

또한 그 산행이 일회성에 그치지 않고, 목표를 이룰 때까지 계속 이어진다는 사실 또한 알고 있어야 합니다. 성공과 전문가적인 식견을 얻기 위해서는 반드시 열정과 고통이라는 플러스극과 마이너스극이 만나야 하는 것이지요.

세 번째, 지금까지 살아오면서 사랑이라는 감정에 대해 너무 무심했습니다. 사랑은 거센 비바람이 몰아쳐도 꺼지지 않는 등불이며 영원불멸합니다. 성경에서도 믿음과 소망, 사랑이 있는데, 그중의 제일은 사랑이라고 쓰여 있습니다. 저는 어려서부터 세상을 살면서 제 자신이 너무나도 특별한 존재이며, 이 세상에서 죽지도 않고, 높은 곳에서 뛰어내려도 털끝 하나 다치지 않는 그런 초능력을 가진 사람인 줄 알았습니다. 하지만 삶의 행렬이 계속될수록 저는 세상 군중 속에 속한 보통사람이며, 이 세상에서 가장 평범한 사람이었습니다.

어쩌면 아직도 그런 보통사람이나 평범한 사람이 되기 위해 노력하고 있을지도 모릅니다. 그리고 앞에서 언급하였듯이 인생은 절대 낭만 속에서 헤엄치며 살 수 없고, 힘들다는 것입니다. 초등학교 때부터 고등학교 때까지 가방 속에 가지고 다닌 교과서는 국어, 수학, 사회 등이었지만, 사회에서 인생의 교과서는 고민과 번뇌라는 것이었습니다. 그 당연한 교과서의 진리 속에서 무너지지 않는다면 모든 고통들을 이겨 나갈 수 있고, 그런 내재된 잠재력은 신이 우리에게 주신 선물(달란트)입니다. 그것이 현재(present)이며, 한 치 앞의 미래도 알 수 없는 다행스러움 때문에 우리의 삶은 항상 최선을 다해 살아나갈 수 있는 것입니다.

네 번째, 사람은 자신이 살고 있는 환경 속에서 상상을 초월하고 빠른 속도로 적응하며 살아갑니다. 그렇기에 환경의 중요성은 더욱 부각되지요. 옛날 맹자는 어려서 아버지께서 돌아가신 뒤 어머니 손에서

성장통

교육을 받고 자랐습니다.

그의 어머니는 현명한 분이었고, 아들의 교육에 남달리 관심이 많았습니다. 맹자와 어머니가 처음 살았던 곳은 바로 공동묘지 근처였습니다. 놀만한 벗이 없던 맹자는 늘 보던 것을 따라 곡(哭)을 하는 등 장사지내는 놀이를 하며 지냈죠. 그 광경을 목격한 맹자의 어머니는 안 되겠다 싶어 이사를 가게 되었는데, 그곳은 시장 근처였습니다. 그랬더니 이번에는 맹자가 시장에서 물건을 사고파는 장사꾼들의 흉내를 내면서 노는 것이었습니다. 맹자의 어머니는 "이곳도 아이와 함께 살 곳이 아니구나!" 하여 이번에는 글방 근처로 이사를 했습니다. 그랬더니 맹자가 제사 때 쓰는 기구를 놓고 절하는 법과 일어서서 물러나는 예절 등 예법에 관한 놀이를 하는 것이었습니다. 맹자 어머니는 '이곳이야말로 아들과 함께 살만한 곳이구나!' 하고 마침내 그곳에 머물러 살았다고 합니다.

이러한 어머니의 노력으로 맹자는 유가(儒家)의 뛰어난 학자가 되어 희대의 아성(亞聖)이라고 불리게 되었으며, 맹자 어머니는 고금에 으뜸가는 현모양처(賢母良妻)로 손꼽히게 되었습니다. 이것이 여러분이 잘 알고 있는 맹모삼천지교 내용의 일부입니다. 이처럼 환경은 매우 중요합니다. 사회에서 영향력이 강한 20~60대의 24시간은 매우 바쁩니다. 무의식중에 매일 듣고 보는 음악과 그림, 문화, 예술 등 일상 속에서 점점 성장하게 됩니다. 집에 미술품이나 인테리어를 바꾸는 것과 자연으로 떠나는 여행은 좋은 현상입니다.

조동훈 자전에세이

이러한 총체적인 산물들이 완성된 인격체로 만들어주며, 나아가 많은 사람들에게 선한 영향력을 발휘하여 인간으로서 값진 삶을 살게 됩니다.

마지막 다섯 번째로 늘 타인의 마음을 시원하게 하는 바람과 같은 사람이 되어야 합니다. 30대가 되면 변화되지 않는 일상생활이 무료해지고, 모험심이 줄게 되어 안정만 찾게 됩니다. 그리고 돈과 물질 속에서 극단적인 현실주의자가 되어 물기 없는 두부와 같은 사람으로 살아가게 되는 경우도 있습니다. 때문에 항상 유머를 구사하여 마른 두부에 시원한 물기를 얹어주는 사람이 되어야 합니다.

어느덧 남원 광한루의 빗방울은 그치고, 그 물감은 다시 말라 옅은 회색빛으로 변하고 있었습니다.

성장통

내가 대하소설을 연달아 세 편씩 써낼 수 있었던 것도 그런 마음먹음의 실천일 뿐이다. 그런 미련스러운 노력 말고 무엇이 우리의 인생을 책임질 수 있고, 우리 인생에 빛을 줄 수 있겠는가? 나는 내가 타고난 재능보다는 미련스러운 노력을 믿고자 했다. 타고난 작은 재주도 치열한 노력을 바치면 커진다는 것을 믿었기 때문에…….
- 조정래의 『젊은 날의 깨달음』 '인생은 단 1회의 연극이다' 중에서

99도의 물이 100도가 될 때, 1도의 차이지만 물은 질적으로 달라집니다. 그것을 티핑 포인트(Tipping point)라 하는데, 작은 차이가 있을 때까지 물이 끓기를 기다려야 하듯 인생이란 항상 인내하며 준비하는 과정의 연속입니다. 내일은 당신의 삶이 티핑 포인트로 가득했으면 좋겠습니다.

네이버 포토 블로그에 게시된 **염장(yslee1129)** 님의 사진입니다.

무한도전(無限挑戰)

기척도 없이 찾아온 가을하늘은 너무나도 아름다웠습니다. 길거리의 수많은 사람들은 묵묵부답으로 자신의 행선지를 향해 재빠르게 이동했습니다. 수많은 사람들과 차는 서로 약속이나 한 듯 서로 부딪히지 않고 이리저리 피해 갔습니다.

하지만 어느 누구도 드높은 가을하늘과 하나둘씩 떨어지는 낙엽을 바라보지 않았습니다. 주목받지 못한 낙엽들은 자꾸만 땅 아래로 떨어져 내렸습니다. 제 생각에는 '낙엽들이 웬만하면 자기가 살던 둥지인 나뭇가지에 끝까지 기생하며 살지 왜 땅바닥으로 팔랑팔랑 떨어져 자신을 한 번도 봐주지 않는 사람들에게 짓밟혀 본연의 색을 잃어버릴까?' 하고 궁금했습니다.

그래서 저는 그런 낙엽들이 가엾고 불쌍하다는 생각까지 들어 무릎을 굽혀 조용히 떨어진 낙엽에게 다가갔습니다. 저는 바람에 일렁이는

낙엽들의 미세한 움직임 속에서 그들의 목소리를 들었습니다.

낙엽들이 가을이 되어 바닥에 떨어지는 이유는 겨울에 내린 눈이 나뭇가지 위에 내려앉으면 가지가 무거워져서 부러지기 때문에 조금이라도 무게를 줄이기 위해 겨울이 찾아오기 전 미리 땅에 떨어져 사람들의 양발에 짓눌리는 고통을 겪고 있었던 것입니다. 아프지만 가지를 사랑하는 마음에서 낙엽은 뒤도 돌아보지 않고, 가지를 떠나 차가운 땅바닥으로 투신하였습니다.

낙엽은 눈이 내려 부러진 가지의 모습을 차마 두 눈으로 볼 수 없었습니다. 그런 낙엽들의 목소리를 한참동안 듣고 나니, 눈 주변이 파르르~ 떨리며 금세 눈물이 고였습니다.

길을 따라 드문드문 꽃 핀 자리에 도란도란 사람들이 살고 있는 마을이 들어서고, 거기서 또 사람들이 피고 집니다. 낙엽과 꽃잎은 소소한 존재이지만, 내겐 너무나 소중한 존재입니다.

가을을 남기고 떠난 사람! 겨울은 아직 멀리 있는데,
사랑할수록 깊어가는 슬픔에 눈물은 향기로운 꿈이었나?
당신의 눈물이 생각날 때 기억에 남아 있는 꿈들이
눈을 감으면 수많은 별이 되어 어두운 밤하늘로 흘러가리
그대 곁에 잠들고 싶어라! 날개를 접은 철새처럼
눈물로 씌어진 그 편지는 눈물로 다시 지우렵니다.

성장통

내 가슴에 봄은 멀리 있지만, 내 사랑 낙엽이 되고 싶어라.

- 패티 김의 〈가을을 남기고 떠난 사람〉 중에서

......

사랑하는 사람을 위해 낙엽으로 변해 버린 나!

......

다시 봄이 찾아온 순간! 세상을 향해 얼굴을 내민다.

......

우리는 살아가면서 텔레비전 속 주인공들과 연예인들의 삶에 너무 길들여져 있습니다. 누가 누구와 사귀더라, 누가 헤어졌더라, 누가 돈을 많이 벌었더라 등 그들의 삶 속에 우리의 이목은 집중되어 있으며, 친구들과 이야기를 나눌 때에도 그들은 항상 주된 관심거리로 등장합니다. 우리의 하루와 일상이 더 특별하고 소중하다는 것을 여러분은 모르시나요? 우리는 그들처럼 바다 표면 위에 떠 있는 방송이나 라디오에 등장해 이슈가 되지 않지만, 넓은 바다 속 깊은 곳에 있는 잠수함처럼 살고 있습니다. 만약 우리가 바다 표면으로 떠오르고 싶은 재능과 열정만 가지고 있다면 어떨까요? 아마 당신도 놀랄 만큼 세기의 주목을 받고 관심의 대상이 될 것입니다.

여러분은 누구나 그런 무한한 잠재 가능성과 목표에 대한 성취의지를 가지고 있습니다. 힘을 내세요~ 그리고 그 멋진 잠수함을 많은 사

조동훈 자전에세이

람들에게 보여주세요~ 당신의 대단한 열정과 끝없는 노력을……. 당신은 밤하늘의 별처럼 아주 밝게 빛나고, 길 잃은 사람들의 나침반이 되어줄 것입니다. 그리고 이젠 더 이상 낙엽으로 살지 마세요. 진실은 눈이 내려도 나뭇가지는 부러지지 않는 답니다.

구질구질한 직장에 다니는 것, 독신생활을 지겨워하는 것, 파괴적인 관계를 유지하고 있는 것, 아이 때문에 속을 썩는 것. 인생을 즐기지 못하는 것은 우리 스스로가 어떤 이유에서건 의식적이거나 무의식적으로 그러한 삶을 선택했기 때문은 아닐까요?
- 수잔 제퍼스 『도전하라 한번도 실패하지 않은 것처럼』 중에서

네이버 포토 블로그에 게시된 **유충열(captain4e)** 님의 사진입니다.

조동훈 자전에세이

뱃머리는 늘 내가 돌린다
(부제: I am Captain!)

1. 배움의 미(美)

두둑! 두두둑! 마치 어려운 수학문제를 풀고 기지개를 켜며 손가락
마디의 근육을 풀어주듯 자동차의 사이드 브레이크를 잡아당겨 정차
시킨 후 여행으로 지친 짧은 휴식을 취하고 있었다. 몇 시간 동안 옴
짝달싹하지도 못한 어머니와 누나는 주린 배를 채우기 위해 휴게소
한식코너로 한걸음에 내달리셨고, 아버지와 나는 자동차의 주린 배를
채우기 위해 주유소로 향했다.

"이빠이 넣어주세요~"

사실 그때는 아버지께서 자동차의 기름을 넣을 때 늘 쓰는 '이빠이'
와 '만땅'의 의미를 잘 몰랐었다. 그저 '가득' 혹은 '많이'라는 외래어나
비속어쯤 정도로만 생각했다.

그리고 십여 년이 지난 후 어른들의 유일한 장난감인 자동차를 내

소유물로 갖게 되면서부터 습자지처럼 얇은 자동차에 대한 기초상식들을 알 수 있게 되었다. 그중 하나는 자동차의 연료를 가득 채워서는 안 된다는 것이었다.

이유인즉 자동차에 연료가 가득 차면 그만큼 차체의 무게가 많이 나가서 똑같은 거리를 주행해도 더 많은 연료가 소비되고, 특히 여름이나 해가 고개를 높이 드는 중천에 떠 있을 때 주유(注油)하면 뜨거운 지상의 열기 때문에 휘발유가 팽창되어 추운 날에 넣은 기름보다 연비(1리터당 자동차가 갈 수 있는 거리를 km로 환산한 것)가 많이 나오기에 일반인들은 이른 새벽이나 땅거미가 길어진 늦은 저녁에 주유해야 비용절감 효과를 누릴 수 있다는 것이었다. 물론 나의 아버지께서도 이 기초상식을 알고 계셨을 텐데 왜 주유소에만 가시면 '만땅'과 '이빠이'를 말씀하셨는지 지금에서야 그의 두 어깨에서 '가족에 대한 자랑스러움과 능력에 대한 자부심을 은근하게 표출하려 했던 것이 아니었을까?'라고 생각해보며 주유소에 들러 10년 전 아

조동훈 자전에세이

버지께서 했던 그 말씀을 노랫가락의 돌림노래로 불러본다.

"이빠이 넣어주세요~^^"

2. 여백의 미(美)

눈이 이쁜 아이, 해맑은 웃음으로 하얗게 드러나는 가지런한 치아, 콧날이 오뚝하지만 매부리코가 아닌 코끝이 약간 들려 관상학적으로 경제관념이 구두쇠가 아닌 사람! 귀가 커서 명(命)이 짧지 않고, 이 세상에서 오랫동안 행복과 평안을 누릴 수 있는 그런 사람! 나는 그 동안 상대방의 이목구비(耳目口鼻)의 생김새와 황금비율이라는 나만의 '미(美)'의 기준을 설정하며 살아왔다. 하지만 이제부터는 미(美)에 대해 다른 시각을 가지려 한다.

그것은 바로 여백(餘白)의 미(美)! 이것은 상대방의 얼굴 속에 감추어진 코와 볼 사이 미간의 주름! 신나게 웃을 때 생기는 코끝에 찡그린 주름! 집중과 열정의 샘물이 용솟음칠 때 찾게 되는 눈썹 사이 11자 직선 고속도로 주름! 세월의 무게와 삶의 애환이 깃들어 있는 이마의 주름과 눈가의 까마귀 발자국들……. 이제는 이목구비가 아닌 그런 안면에 나타나 있는 여백의 미(美)를 눈여겨볼 것이다.

마치 컨베이어벨트처럼 찍어낸 듯 똑같은 이목구비가 아닌 사람과 사람 속에 의사소통 가운데 나타난 삶의 여정과 잠깐 정차하는 정거장을 함께 여행하고 싶다. 의대생들에게 보여주는 인체 해부학 동영상

성장통

에서는 인간의 피부는 몇 센티미터 두께밖에 되지 않으며, 피부라는 조직을 벗겨내면 흉측할 정도로 온통 크레파스나 물감으로 칠해진 알록달록하게 해부된 인체의 모습이 나타난다. 이제는 그런 야들야들한 피부에 덮인 겉모습이 아닌 진정한 사람의 속내와 여백의 미(美)를 지켜보며 살아가고 싶다.

3. 겸손의 미(美)

2000년! 밀레니엄 시대가 도래한 지 정확히 10년이 지난 현재. 난 10월 어느 가을밤 하늘의 금빛 동태를 두른 고요하고 적막하지만, 무언의 압박 가운데 나의 이야기를 들어줄 것 같은 둥근 보름달을 한참동안 바라보고 있었다.

한밤중 이정표를 알려주는 밤의 태양인 노오란 달빛을 두 눈으로 똑똑히 볼 수 있었다. 이른 아침이 되어 어제의 그 느낌을 안아보고 싶어 달빛과 유사한 둥근 빛의 향연을 찾아보았지만, 도저히 주변의 밝고 화려한 빛 때문에 태양을 똑바로 바라볼 수 없었다. 할 수 없이 자꾸만 반짝거리는 눈가의 유리 알갱이(눈물)를 외출시키고야 말았다.

이처럼 누군가를 위대하고 밝게 빛내기 위해서는 반드시 주변과 명도의 차이를 극명하게 나타내주는 반대 색깔의 매개체가 있어야 한다는 것을 깨달았다. 밝음은 어둠과의 소통으로 빛의 소중함을 깨닫게 해주며, 물의 귀중함은 마르고 갈라진 아프리카 대륙에서 더욱 존귀하

조동훈 자전에세이

게 여겨진다. 나도 누군가의 위치를 정해주고 안식을 주기 위해 나 스스로 그 대상과 사물의 동등한 위치가 아닌, 한 단계 혹은 두 단게 낮추어 반하는 대상물로 바뀌어져야 한다는 사실을 알게 되었다.

본능은 유전자를 통해 전달되고, 가치는 전통을 통해 전달되지만, 의미는 특이하게도 개인적인 발전의 문제로 전달된다.

- 빅터 E. 프랭클

어떠한 대상이나 물체를 한 면만 바라보는 것이 아닌 다각적인 시각으로 접근한다는 것은 어려우면서도 매우 중요한 문제입니다. 어떻게 생각하고 결정할지 선택의 자유는 자신에게 있지만, 자극과 반응 사이에는 늘 빈 공간이 존재하고, 그 공간에 우리의 반응을 선택하게 하는 자유의 힘이 들어 있습니다. 또한 그 반응으로 우리의 성장과 행복이 담겨져 있습니다. 여러분! 이제부터 자신에게 당면한 수많은 어려움을 로고테라피(Logotheraphy: 『아우슈비츠 수용소』에서 빅터 E. 프랭클의 의해 의미에 중점을 둔 심적 해결능력)로 이겨내시기 바랍니다. 이처럼 어떠한 상황 속에서 진정 의미 있게 생각하는 것에 대해 역점을 두고, 그것들을 꾸준히 지속시켜 나가길 바랍니다.

Secret(비밀)

현실적인 이상과 가상의 세계인 감상에서 협조점을 찾으며, 고뇌하는 청년! 대중들 앞에서 감상의 감성을 숨기는 기술을 터득한 지는 꽤 오래되었다. 하지만 이 가운데 불가항력적으로 어쩔 수 없이 생기는 괴리감은 내 속에서 감성을 지니고 살기에 아름다운 장미 가시처럼 내 살을 뚫고 나와 다른 어떤 누군가와 마음을 공유하고 싶었다. 진실과 떨림의 순수한 이성인 감성의 본질을 타인과 함께 나누고 싶었지만, 섣부른 판단과 행동으로 인해 되레 그 가시는 나를 깊숙이 푹~푹~ 찔러댔다.

사회생활이라는 틀 속에서 만나게 되는 사람들에게 내 생각과 풋풋한 감정을 전달하기란 꽤 어려운 과제였다. 아직도 내겐 찬란하게 빛나는 직사각형의 반듯한 황금보다 이른 아침 창살너머로 인사를 하는 황금빛 먼지 알갱이가 더 아름답다.

......

20대 후반 내 나이 뒤에 붙여진 'ㅂ'(일곱, 여덟, 아홉)이라는 받침의 자음은 현실로 세상을 바라보게 하였고, 그러한 부추김 속에 일탈을 꿈꾸는 모범생보다는 나만의 안정된 공간에서 어느 누구의 침범도 허락지 않은 채 개인주의적인 일상으로 점차 변하게 만들었다. 세상 속에 팽배한 빈부격차와 부익부 빈익빈의 악순환 연결고리를 끊지 못해 발생되는 물질만능주의는 인간에 대한 존중과 이해 그리고 사람만이 가지고 있는 고유의 감정인 인간성을 계속 추락시키고 말았다. 그래서 난 잠시 눈을 돌려 마음에서 울리는 소리에 귀를 기울였다. 노란 들판이 일렁이는 고개 숙인 벼를 보며 가만히 명상에 잠겼다.

'우리 직장인들의 비애, 즉 생존을 위한 투쟁이 해결되고 나면 무엇을 위해 살아가는가?' 하는 문제였으며, 오늘날 사람들은 삶의 수단(생계 수단)을 갖고 있지만, 정작 그 수단이 충족되고 해결된 후에는 삶의 진정한 의미가 필수가 아닌 선택이 되어버린다는 사실이었다.

매일 현실의 이상 속에서 나 자신의 존재가치는 유명무실해져만 갔고, 하루만 살아가고 죽는 하루살이같이 당장 급한 불만 발로 짓눌러 끄는 식으로 살았지만, 아직 그 고통의 불씨는 그대로 남아 또다시 타오를 준비를 하고 있었다.

그리고 더 놀라운 사실은 이러한 모든 것들이 존재하고 발생하는 원인은 바로 내 속에 내재되어 있는 두려움이라는 것이었다. 짧은 인

조동훈 자전에세이

생의 여정 속에서 여러 사람들과 진심 없는 만남으로 심장이 너덜너덜해지고 쉽게 닳아진 경험들이 다시금 현실 아닌 꿈속에서라도 일어나지 않았으면 하는 바람들은 현실로 되어버렸고, 이젠 더 이상 누구에게도 속마음을 보여줄 수 없게 되어버렸다. 다시 말해 두려움은 두꺼운 안개와도 같아 내 머리 위에 내려앉아 모든 것들을 차단시켰다.

진솔한 감정, 진정한 행복, 의미 있는 기쁨들은 그 안개를 통과할 수 없었다. 안개를 걷어내야만 진정한 삶 속으로 투영될 수 있었다. 때론 자신이 원하고 바라는 멘토가 느닷없이 등장해 모든 고민들을 해결해주면 좋겠지만, 그러한 먹구름을 걷어낼 인생의 멘토를 찾기란 쉽지 않았다. 그리고 아직 하늘에서는 안개구름을 없애줄 비를 보낼 넓은 아량이 없어 보였다.

서른 살로 접어드는 성장통의 아픔 속에 사랑니를 뽑은 듯 자꾸만 온몸이 욱신거리고 쑤신다. 어느 누가 서른 살로 가는 기차여행 속에 이런 고뇌와 고해를 겪지 않겠느냐마는 이렇게라도 열리지 않는 기차의 창문을 열어젖혀 바람을 온몸으로 힘껏 껴안으며, 정언(正言)의 수지침을 놓는 나의 인생이 가치 있고 즐겁다.

성장통

성장통

어떤 나이에 이르면 아이들은 비밀이 필요하고, 자라면서 그 필요성은 더 커진다. 어느 누구도 비밀스런 고뇌와 비밀스런 탐색과 비밀스런 가책 없이 성숙에 이를 수 없다. 모든 인간은 자신의 생각을 정리하기 위해 반드시 비밀이 필요하다. 어떤 비밀을 간직하고, 밝히는가에 따라 한 사람의 성숙도와 개인적 자유 정도를 측정할 수 있을 것이다.

- 폴 투르니에의 『비밀』 중에서

'겁/걱/두'라는 말이 있죠! 무슨 일이든 겁내지 말고, 걱정하지 말고, 두려워하지 말라! 요즘 이 말은 저의 초롱불 같은 하루라는 심지를 더 두껍고, 마르지 않는 기름과 같이 자신감과 힘을 해줍니다. 지구라는 아름다운 별에 살고 있는 여러분! 지구라는 파란 공 안에서 이루어지는 모든 행위들이 지구를 벗어나 우주에서 내려다본다면 까만 점들의 불규칙적인 움직임들로 분주하게 돌아다닐 것입니다. 또한 어느 누구도 그 움직임에 개의치 않을 것입니다. 즉, 세상 속에 일어난 과거의 역사와 진보된 현재 그리고 가치 있는 미래를 움직인 많은 사람들은 우리와 모두 똑같은 사람들입니다. 그렇기 때문에 우리의 존재가치는 그 자체로서 위대하며, 모든 것을 이룰 수 있는 무한한 가능성을 지닌 슈퍼맨입니다. 오늘도 여러분은 두 팔을 높이 들어 지구를 들어 올리고 있지 않습니까?

You're not Alone!

작은 빗방울이 모여 시냇물을 만들고, 그 시냇물은 또 하나의 강을 이루고, 그 강줄기는 이리저리 굽이쳐 흘러내려 큰 바다를 만들어내듯, 바다는 처음부터 세상에 혼자 태어난 것이 아니라 빗방울이 하는 긴 여행의 종착지에 지나지 않았다.

그리고 글을 쓸 때에도 하나의 단어가 한 줄의 문장이 되고, 그러한 문장들이 하나둘씩 모여 구와 절 그리고 단락과 문단으로 표현되어 결국엔 주옥과도 같은 한 편의 글이 완성된다. 모든 것은 독립적으로 표현되지 않고, 각 개개인마다 혼(魂)이 담겨져 있다. 단어 하나에도 영혼을 담듯 심사숙고하며 글을 써 내려가야겠다고 다짐했다.

......

together!(함께 그리고 하나라는 의미!)라는 단어에 대해 무심히 넘어갈 때쯤 이 세상은 많은 사람들이 어우러져 살아가고 있으며, 각자 떨어져

성장통

네이버 포토 블로그에 게시된 **염장(yslee1129)** 님의 사진입니다.

조동훈 자전에세이

서는 사막에 남겨진 선인장처럼 홀로 연명하여 살아가는 존재밖에 될 수 없다는 사실을 알게 되었다.

땅바닥에 절대 떨어지지 않을 것 같은 진한 고동 빛깔 밤송이의 뾰족한 가시와 날카로운 소나무 잎마저 극심한 추위로 인해 얼어붙은 땅덩어리의 이불이 되어주듯…….

지하 깊은 곳에서 몰래 숨쉬기 운동을 하고 있는 마그마가 지표면에 분수처럼 하품하듯 용암을 내뿜을 때 한 줄기 비가 내려와 그 마그마의 하품이 하얀 입김으로 변해 구름이 되어가듯…….

이 지구상의 모든 것들의 역사는 재생능력을 반복하며 살아왔다. 둥근 원 안에 있는 어떠한 물체도 중력과 무중력의 경계 공간 밖으로 들어오거나 나가지 못했다. 모든 것들은 독립되어 있지 않고, 집단 속에서 필연적으로 인과관계를 맺어가며 살고 있는 것 같았다.

……

프리즘으로 반사된 세상의 빛을 처음 본 아기도 태어나자마자 가족이라는 구성원 속에서 살아간다. 그 아이는 시간이 흘러 초등학교에 입학하고, 중·고등학교를 거치면서 학교라는 집단의 구성원으로 살게 된다.

어디 그뿐이던가? 대학교를 졸업하고, 사회 초년생으로 첫 발걸음을 내딛을 때에도 내집단과 외집단 속에서 그 대상만 바뀌었지, 실질적으로는 집단 속에 자신의 임무와 책임은 늘 똑같다.

성장통

하지만 오랜 세월 걷다 보면 발바닥이 짓무르고, 발가락과 발바닥에서 작은 물집이 50원, 100원짜리 동전처럼 꽃피운다. 또한 자신이 신던 구두마저 해지고 닳아서 잠시 주춤거리거나 삐걱거리기 일쑤이다. 그럴 때마다 "내 신발이 다른 신발처럼 명품이 아니라서 그래", "내 길이 다른 사람의 길과 달리 평탄치 않은 길이라 그래"라며 늘 불평과 불만으로 지난 길을 되돌아본다. 숨겨진 진실이지만, 이것은 어느 누구에게나 공통적으로 적용된 사실이다.

만약 그 구두 뒷굽이 닳아 없어지지 않는 강철소재로 만들어졌다면 신발의 무거움과 발의 피곤함으로 인해 오랫동안 걷지도 못하고 기력을 소진하고 말 것이고, 너무 가벼운 짚신이라면 걷는 데 편할지 몰라도 인생의 풍파(비, 바람, 태풍과 같은 자연재해 등)로 얼마 못 가 꼬아 놓은 볏짚들이 다 풀려버려 맨발로 걸어가야 할 상황에 이를지도 모른다.

이처럼 모든 것은 서로 동등하게 주어지며, 어느 누구나 마찬가지다. 굽이쳐 흐르는 강과 배꼽처럼 움푹 파여 침식된 바위를 걸어가는 것은 모든 이의 행로(行路)다. 다만, 그러한 삶이 상대적인 것이고, 주관적으로 판단하기에 원망과 탄식 속에서 살아가고 있는지 모른다.

그렇지만 우린 혼자가 아니다.(U are not alone~)

서론에 언급한 바다 이야기처럼 우리는 서로 더불어 살고 있으며, 내 옆에 있는 사람을 소중하게 생각해야 한다. 높은 이상(꿈)을 가지고,

조동훈 자전에세이

격정 속의 세상을 초월하며 함께 이겨내 간다면 인생이란 길은 생각만큼 그다지 굴곡진 길이 아닐지도 모른다.

온 세상이 다 나를 버려 마음이 외로울 때에도 '내 마음과 같아'라고 믿어지는 그 사람을 그대는 가졌는가? 탔던 배 꺼지는 시간, 구명보트 서로 사양하며 '너만은 제발 살아다오!' 할 그 사람을 그대는 가졌는가? 불의의 사형장에서 '다 죽어도 세상 빛을 위해 너만을 살려두거라' 일러줄 그러한 사람을 그대는 가졌는가? 잊지 못할 이 세상을 놓고 떠나려 할 때 '너 하나 있으니' 하며 방긋이 웃고, 눈을 감을 그 사람을 그대는 가졌는가?

- 함석헌의 『그 사람을 가졌는가?』 중에서

여러분의 모습을 있는 그대로 봐주고, 진정으로 당신을 믿어주는 그런 사람이 있나요? 당신이 힘든 일을 겪고 있을 때 진심으로 당신을 염려해주는 그러한 사람이 있나요? 당신이 해구처럼 깊은 심연의 슬픔에 빠져 있을 때 손잡아주며, 울어줄 수 있는 그런 사람이 곁에 있나요? 그렇다면 당신은 꽤 멋진 인생을 살고 있는 겁니다.

115

성장통

네이버 포토 블로그에 게시된 **youstory(youstory)** 님의 사진입니다

조동훈 자전에세이

ㅋ VS ㅋ

둥근 시계와 곡선으로 원을 그리는 시침을 바라보며…….

일주일 중 가장 나른한 일요일 오후 2시! 오늘도 저는 넓다란 대청마루에 누워 백색 도화지 위에 검정 글씨로 그림을 그리고 있습니다. 창밖에 햇살은 유리창만큼의 햇빛만 통과시켰습니다. 저는 눈을 들어 마루 주변을 이리저리 살펴보았습니다. 햇살이 엉금엉금 기어들어온 곳만 유난히 밝은 빛을 뽐내었고, 그렇지 않은 곳은 짙은 그림자로 덮여 있었습니다. 구름친구들이 속삭이는 소리가 여기까지 들려와 아지랑이가 일렁이며, 밝은 빛을 뽐내는 곳에 작은 구름 그림자가 생겼습니다.

벌과 나비들은 유리창을 다트 과녁판으로 착각한 듯 이리저리 부딪히며, 튕겨져 나왔습니다.

하얀 도화지 위에 제 다섯 손가락 그림자가 노을을 만들었습니다.

그리고 모나미 수성펜 끝의 촉은 하염없이 움직이며, 브레이크 댄스를 추었습니다. 영감이 떠오를 때면 빨리 글을 써 내려가야 합니다. 때로는 바람결에 흩날려 지나쳐 버릴까 봐 두 손을 모아 마음에 꼭 담아두어야 합니다. 이런 저의 모든 감각을 곤두세우다 보면 허리가 아픈 줄도 모르고 몇 시간 동안이나 엎드려 있습니다. 한참 동안 글을 써 내려가다 보니, 햇살에 데워진 오른쪽 뺨 때문에 뜨거워 어쩔 수 없이 자리를 옮기게 되네요.

얼른 엉덩이를 들어 다른 뺨에도 공평하게 태닝을 시킬 수 있는 여유로운 마음이 생겨 몇 초 동안 행복감에 젖어들곤 합니다. 시간이 지날수록 태양의 걸음속도는 자꾸만 빨라져 네모난 유리창을 통과하는 햇빛의 양은 줄어들고, 2사분면에 위치한 방향은 어느덧 4사분면을 향해 기울어져 가고 있었습니다. 저의 움직임 또한 태양 빛을 쫓아가는 몸부림에 지나지 않아 보입니다. 아무 말 없이 조용하고, 은은한 빛의 향연을 즐기며, 지상낙원에서 나른한 오후의 시간을 흘려보냅니다. 아직 제 상상력과 창조력이 대기권에 머물러 있다는 것이 안타까울 뿐이며, 이 느낌을 고스란히 전달하지 못하는 게 아쉽네요.

오늘도 이렇게 저는 대기권 속의 아름다운 빛을 바라보며 청초한 저녁을 맞이합니다. 네모난 시계와 직선의 날카로운 초침을 바라보며……

일주일의 시작을 알리는 월요일 아침 6시 30분! 어제의 여유는 온데

간데없이 시간의 속도를 늦추며 사는 건 딴 세상 사람들의 이야기처럼 1분 1초가 긴장의 연속입니다. 아직도 대중 앞에 서면 생기는 울렁증을 잠시 숨겨놓고, 보무도 당당히 500여 명 앞에서 아침점호를 주관하며 하루를 시작합니다. 아침 점호가 끝난 후 중대원 130명 앞에 차려 자세로 선 채 그들의 얼굴을 하나둘씩 찬찬히 살펴봅니다. 검은색 단상에 올라가 마이크 하나의 의지하며, 2평 남짓한 나만의 공간에서 그들과 제가 서 있는 위치는 단지 2m 높이에 불과하지만, 통제하는 교육자의 입장과 통제받는 피교육자의 위치는 하늘과 땅 차이입니다.

매일 이맘때가 되면 속이 메스꺼워집니다. 지난날 누렸던 진득한 태양빛은 땅을 삼킬 듯한 더위로 바뀌어버리곤 하죠.

이럴 때면 모든 감각의 이동은 정지합니다. 미세한 시각과 청각의 감각신호도 둔해지기 마련입니다. 100여 명 이상의 시선을 한 몸에 받는 것은 참 설명하기 어려운 느낌입니다. 마치 밖에서는 시끄럽게 떠들어대도 수영장 안에서 잠수하고 있으면 바깥에 나는 소리를 듣지 못하고, 물속에서 제가 중얼거리는 소리만 귓가에 맴돕니다.

어느 누구에게도 힘든 내색을 하지 않지만, 몸은 이미 기력이 쇠한 지 오래고, 감기몸살은 누더기 옷을 걸친 것처럼 늘 달고 다닙니다. 공허하게 공중에 떠 있는 듯한 이 기분 나쁜 느낌들은 어떤 누군가가 써 놓은 시나리오를 그대로 읽는 것마저도 힘듭니다. 까만 건 글씨고 하얀 건 종이라는 말이 여기서 쓰이는 말이 아닐까요?

사색과 명상의 시간은 절대적으로 배제된 채, 한바탕 쓰나미가 몰려오고 나면 전 오늘도 쉽사리 지나간 시간을 붙들고, "오늘 나는 무엇을 하였는가?"라고, 뒤돌아보지만, 제게 남은 것이라곤 가시지 않는 떨림과 내일에 대한 걱정과 사라지지 않는 몸살기운이 전부입니다. 하지만, 제가 서 있는 이 위치는 분명 이유와 사명이 있기 때문에 제가 이 자리에 서 있는 거라 생각합니다. 그리고 어차피 어느 누가 서 있어야 한다면 제가 그곳에 서 있는 것이 더 낫다고 생각됩니다.

내일도 태양은 다시 떠오르고, 규칙과 규범, 규정이 중요한 하루가 시작되겠죠? 주변 사람들과 난상토론을 피하고, 자신의 위치를 고수

조동훈 자전에세이

하는 것이 성실하며 바르게 사는 것입니다. 하루가 지나고 나면 130명 260개의 눈동자는 일제히 저를 향할 것입니다. 한마디의 실수나 지난 악습관에서 나오는 부자연스러운 행동들은 저를 또다시 채찍질할 것입니다.

대중 앞에 서서 말할 때 '그래서?'를 써야 할지 '그리고?'를 써야 할지 아직도 재빠르게 판단이 서지 않을 때가 종종 있습니다. 이렇게 전 늘 극과 극의 시간의 흐름 속에서 하루하루를 보냅니다.

여러분은 어떻게 하루를 보내고 있나요? 그리고 그 시간의 흐름 속에서 무엇을 배우나요?

성장통

위대한 목표를 향해 달려라! 가장 좋은 일을 하기 위해서는 불가능한 일을 이루려고 늘 노력해야 한다! 개인의 이익이 아닌, 모든 사람들에게 이로운 위대한 일을 추구하는 데 늘 관심을 가져라!

- 켄 제닝스의 『섬기는 리더』 중에서

여러분의 삶이 여러분의 의지와는 다르게 능동적이지 못하거나 매번 시간에 쫓기어 불안한 삶을 산다고 느낄 수 있습니다. '무엇이 올바른 삶인가? 무엇이 가치 있는 삶이고, 어떠한 것이 행복한 삶인가? 그리고 그러한 행복의 조건들은 무엇인가?'에 대한 물음은 항상 계속될 것입니다. 갈팡질팡한 인생의 꼬부랑 길 속에서 엉금엉금 기어 앞으로 나아가고 있다는 것 하나만으로도 저는 당신에게 기립박수를 보내고 싶습니다.

네이버 포토 블로그에 게시된 **카사블랑**(rkforyou7727) 님의 사진입니다.

조동훈 자전에세이

바루크 아타 아도나이

'바루크 아타 아도나이'(우리를 축복하소서, 주님!)

세상에서 가장 많이 팔린 베스트셀러인 성경에 의하면 태초에 하나님이 음성을 통해 천지를 창조하고, 그의 형체와 비슷한 최초의 인간인 아담과 이브를 만드셨다. 그래서 남자에게만 가지고 있는 목젖을 의학용어로 아담의 사과(adam's apple: 목에 사과 씨가 걸려 있는 것 같이 보인다)라 부르고 있다.

아담과 이브는 지상낙원이라 불리는 에덴동산에서 벌거벗은 채로 부끄러움 없이 행복하게 살고 있었다. 주변에는 온갖 아름다운 꽃과 나무, 굽이쳐 흐르는 실개천이 마치 한 폭의 그림과도 같았다. 하지만 그들은 금기시된 선악과를 따 먹음으로써 에덴동산에서 추방당하게 된다. 그리하여 하나님은 아담과 이브에게 남자는 평생 죽을 때까지 일해야 먹을 수 있는 수고를……, 여자에게는 아이를 낳는 산고의 고통을 짊어지게 하셨다.

그로부터 오랜 시간이 지난 후…… 예루살렘에 '예수'라는 인물이 태어나게 된다. 그는 하나님의 음성을 통하여 동정녀 마리아에게서 태어났으며, 그의 아버지인 하나님의 명령을 받아 예루살렘과 온 땅에서 주의 증거를 증명하고, 과학적으로는 설명할 수 없는 수많은 기적을 행한다.

하지만 그러한 마술 같은 일들을 못마땅하게 여긴 세파(바리새인)들은 예수를 시기하고 질투하게 된다. 결국, 예수는 골고다의 언덕에서 십자가에 못 박혀 죽고 만다. 그리고 죽은 지 3일 만에 부활하여 다시 하나님의 말씀을 증거하고 하늘나라로 올라간다.

위에 내용은 기독교인이 아니라 할지라도 대부분의 사람들이 알고 있는 이야기다. 여기서 예수님은 우리의 죄를 사하여 주시기 위해 십자가에 못 박혀 피 흘림으로써 그 죄를 모두 갚으셨다.

피해갈 수도 그렇다고 돌아갈 수도 없는 절체절명의 순간에 인간은 신이라는 존재를 찾게 된다. 내 마음 속에도 자리 잡은 신은 유일신 하나님이시다. 주님을 영접하면서 많은 시험과 고통을 경험하였지만, 좌절하거나 포기하지 않았다. 어느 누군가가 내게 이런 말을 했다.

"눈에 보이지 않는 신을 믿는 것보다 차라리 눈에 보이는 자신을 믿으라고……"

물론 그 말이 틀린 말은 아니다. 하지만 시원하게 그 이유를 설명할

조동훈 자전에세이

수 없었다. 왜냐하면 그것은 인간의 이성과 판단으로는 불가능하였기 때문이다. 우리 눈에 보이지 않는 소리의 전달과 안면의 감촉으로 느끼게 되는 바람의 숨결은 직접 보이지는 않지만 느낄 수 있기 때문에 존재한다는 것을 확신하며, 이러한 예는 세상에 가득 차 있다.

아직 내게도 모나 있는 마음과 말투들이 끌과 정으로 갈리고 깎여 둥글게 되는 작업이 진행 중이다. 그렇기에 나의 성장통은 늘 진행 중(ing)이다.

오늘도 이런 생각을 했다. "지금 행복하자! 내일 행복하기 위해 지금 불행한 길을 택하지 말자"라고. 늘 작품을 하나씩 양산할 때마다 심혈을 기울이는 것처럼 내 안에 진실들을 쏟아내고 싶다. 나의 고통과 비애와 애환의 증거들이 나중에 나와 똑같은 상황을 겪는 많은 이들에게 힘이 되었으면 좋겠다. 그리고 늘 내 안에서 중심이 되는 하나님! 난 아직도 그의 사랑을 소망한다.

성장통

여호와는 나의 목자시니 내게 부족함이 없으리로다. 그가 나를 푸른 풀밭에 누이시며, 쉴 만한 물가로 인도하시는도다. 나의 영혼을 소생시키고, 자기 이름을 위하여 의(義)의 길로 인도하시는 도다. 내가 사망의 음침한 골짜기로 다닐지라도 해를 두려워하지 않는 것은 주께서 나와 함께 하심이라. 주의 지팡이와 막대기가 나를 안위하시나이다. 주께서 내 원수의 목전에서 내게 상을 차려 주시고, 기름을 내 머리에 부으셨으니 내 잔이 넘치나이다. 내 평생에 선하심과 인자하심이 반드시 나를 따르리니 내가 여호와의 집에 영원히 살리로다.

- 성경 시편 23편 중에서

인간의 마음이란 본성이 우울증과 조울증을 동시에 지니고 있어 늘 쾌활한 사람도 자신만의 공간 속에서는 그 모든 벽을 허물고 누에의 실을 뽑아내듯, 비밀스런 감정들을 꺼내어 자꾸만 자신을 혼란스럽게 만드는 버릇이 있습니다.

일념집중(one-pointed attention)은 이런 문제를 해결해주고, 당신이 어느 분야에서건 도움을 주게 될 것입니다. 일념집중을 통해 우리는 과거나 미래에 집착하지 않게 되고, 오직 현재에만 충실하게 됩니다.

한 번에 한 가지만 행한다는 것! 요즘과 같은 빠른 세대(generation)에게는 어려운 것처럼 들리겠지만, 실제로 그렇게 어려운 것이 아니랍니다. 당신은 아마도 이 훈련을 통해 일이나 자기계발적인 측면에서 큰 성과를 내고, 무엇보다 정서적인 안정을 선물해 줄 것입니다.

현재 당신의 마음속에 가득 차 있고, 당신의 손가락이 움직이고 있는 곳에 집중하세요. 그리고 그것에 대해 이야기하는 것을 주저하지 말고 소리치세요. 그것을 사랑한다고……. 그럼 당신의 마음은 어느새 잔잔한 호수처럼 편안해질 것입니다.

도형의 미학

비가 내리는 느지막한 저녁! 내 마음에 묻은 그리움들이 함께 씻겨 흘러갔으면 좋겠지만, 그 그리움은 추억이라는 우산 그늘에 앉아 마음의 비를 한 방울도 맞지 않았고, 씻겨 내려가지도 않았습니다.

이내 그리움이라는 시간을 만나러 가기 위해 택시를 탔습니다. 뭇 사람들이 비가 오는 날 브레이크를 갑자기 밟으면 차가 뱅글뱅글~ 돌아간다는 말에 쉽사리 제 차를 타고 갈 수가 없었습니다. 제 차 뒤에는 초보운전이라는 문구가 약간 우스꽝스럽게 쓰여 있거든요. 바로 "실력은 초보! 건들면 람보!"라고 들어보셨나요? 하지만 저는 초보와 람보가 아닌, 그저 바보인가 봅니다.

여하튼! 택시를 타고 약속장소로 향했습니다. 자동차 앞 유리에 탁! 탁! 떨어지는 작은 빗방울 공을 긴 막대기(와이퍼)로 툭! 툭! 쳐내고 있었습니다. 그런 모습을 보니, 제 마음 한구석에 왠지 모를 편안함이 다

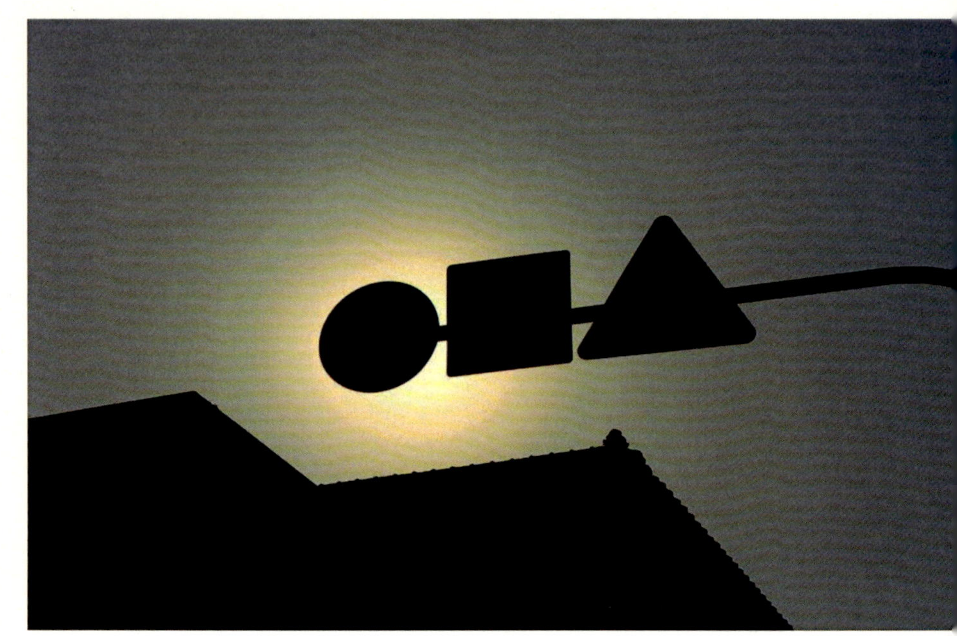

네이버 포토 블로그에 게시된 **모카(roroca)** 님의 사진입니다

조동훈 자전에세이

가왔습니다. 처음 만난 택시 운전기사 아저씨가 약간은 어색했지만, 곧 어색함 없이 말을 이어나갔습니다.

"아저씨! 고생이 많으시네요."

"고생은 무슨…… 예전에는 11시간 동안 앉아 있는 게 힘들었는데, 이제는 전날 새벽까지 술을 마셔도 다음날 출근하지 않으면 이상할 정도로 몸이 쑤신다고! 이제 이 일도 이력이 났나봐! 하하!"

"아저씨~ 말씀하시는 걸 들어보니 모든 일을 의연하게 받아들이고, 아주 긍정적이시네요. 혹시 비결이 있나요?"

"에이 총각! 비결은 무슨…… 그럼 자네한테 하나만 물어보지! 자네! 도형 중 어떤 도형을 가장 좋아하는가?"

"네? 도형이요? 갑자기 도형은 왜요?"

"아니, 그냥 물어보는 거니까 지금 생각나는 도형을 말해보게!"

"글쎄요~ 저는 삼각형이 좋아요~ 왠지 모를 안정감과 7대 불가사의인 피라미드를 쏙 빼 닮았잖아요~"

"그래? 그럼 자네 인생도 세모나게 살 건가?"

"……."

"지금부터 내가 하는 말을 잘 듣게! 인생을 편하고 아름답게 살기 위해서는 동그랗게 살아야 해! 만약 기분이 몹시 상하고 화가 나서 누군가에게 그 느낌을 고스란히 전한다면 자네의 동그란 원은 삐죽삐죽 모가 나기 시작할 테고, 그럼 어느 누군가가 와서 탁! 탁! 치며 그것을

성장통

깎아내려 하겠지? 그럼 자연히 둥근 원의 형상이 제멋대로 변할 거고, 다시 자네는 둥글게 만들기 위해 2배 혹은 3배 이상의 힘이 필요할 거야! 둥글게 산다는 것은 매우 중요하지! 긍정적이고 모든 것을 수렴할 줄 아는 겸손한 자세! 그 안에서 자네의 너그러움은 여러 사람들에게 귀감이 될 거고, 자동차의 바퀴가 뱅글뱅글~ 돌아가듯 매끄럽게 움직일 거야~ 물론 살아가면서 항상 그럴 순 없지! 그렇게 된다면 성인군자가 아니고 뭐겠어? 하지만 다른 누군가가 아닌 자네를 위해서 긍정적이고 둥근 마음을 먹고 살라고. 그렇지 않으면 자네 주변에 있는 사람들이 망치를 들고 나와 직·간접적으로 자네의 심장에 망치질을 할 거야~ 그럼 더 힘들어진다고! 이봐, 청년! 이 사실을 명심해야 해! 자네를 위해서 바르게 살고, 긍정적이고, 중심을 가지며 살아가야 한다는 거! 그럼 이 세상을 편하게 살아갈 수 있다네."

순간! 저는 뒤통수를 맞은 것처럼 얼얼했습니다. 제가 마음속에 숨겨놓았던 그리움과 추억과 여러 가지 복합적인 감정들이 순식간에 정리되는 느낌이 들었기 때문입니다. 그동안 저는 다른 누군가의 시선과 편견 속에서 갈피를 잡지 못하고, 물속에서 허둥대며 누군가가 던져주는 지푸라기만 간절히 잡길 바라고 있었던 것이었습니다.

내 인생의 굴렁쇠는 내가 굴리며, 그 굴렁쇠의 모양 또한 내가 정하는 것입니다. 그럼 이 기나긴 인생의 길에서 어떤 도형을 가지며 어떻게 굴렁쇠를 굴릴 것입니까?

아직도 밖에는 빗방울이 하염없이 내렸고, 땅속에 떨어진 빗방울은
소금자리가 앉은 것처럼 둥글게둥글게 퍼져 나가고 있었습니다.

"어느 날 그런 생각이 들었어요. 우리 모양이 퍼즐이라면 자기가 맡은 부분과 각자의
위치에서 열심히 그 퍼즐을 하고, 맨 마지막에 딱! 맞추었을 때 그 그림이 완성되는 거
있잖아요. 그런데 자세히 살펴보면 퍼즐(도형)은 네모난 게 없어요. 모든 퍼즐(도형)은
모양이 다 달라요. 그렇잖아요. 내 인생에서 내가 이 모양이라고 해서 큰 모양을 보며
부러워하거나 작은 모양을 보면서 비웃었지만, 각자가 모양 나름대로의 가치를 가지
고 있더라고요. 그래서 저는 제 모양(퍼즐)이 가장 소중해요."
- 〈무릎팍 도사〉 '이성미' 편 퍼즐(도형) 이야기 중에서

여러분! "사랑하면 알게 되고, 알면 보이나니……. 그때 보이는 것은 전과 같지 않다!"고
누군가가 말했죠! 작은 퍼즐(도형)에서 각자의 삶이 얼마나 고귀하고, 중요한지 잘 아
셨죠? 당신에게는 여러 모양의 도형들이 산재해 있습니다. 당신이 선택한 도형이 아름
답게 빛을 내고, 참 이쁘고 소중했으면 좋겠습니다.

네이버 포토 블로그에 게시된 **야마하(kkabiya)** 님의 사진입니다.

도형의 미학, 그 두 번째 이야기

AM 06:30!

어두컴컴한 새벽을 깨우는 사각형 라디오 알람이 요란하게 울린다. 잠결에 숨을 내쉬니 코끝에 감도는 냉기로 인해 정신이 조금씩 깨어나기 시작한다. 출근시간은 8시 30분까지이지만, 아침형 인간으로 다시 태어나기로 마음먹은 나는 이불을 걷어내고 반쯤 눈이 감긴 채 벽에 기대어 앉아 하루를 시작하는 기도를 드린다. 그 기도의 내용은 오늘 내가 해야 할 일과 그 가운데서 내가 조심해야 할 부분에 대해 곰곰이 생각하고 명상에 잠기는 시간이다.

하지만 잠이 덜 깬 상태로 기도를 드리다 보면 자꾸만 엉뚱한 소리를 내뱉는다. 나의 의지와는 다르게 뭔가를 중얼거리는 입 모양을 발견하고, 다시 정신을 가다듬는다. 이런 하루를 시작한 지는 꽤 오래되었고, 아직도 밤과 낮의 경계를 구분하지 못하는 게으른 뇌의 활동에 채찍질을 하며 일어난다.

그리고 곧장 화장실로 가서 샤워기에 물을 튼다. 미지근한 물이 분수처럼 솟아오른다. 이 시간이 실제로 나의 단잠을 깨우는 시간인 셈이다.

AM 06:50!

커피포트에는 뜨거운 물이 보글보글~ 끓고 있고, 요일마다 마시는 차(티백)를 꺼내어 든다.

국화차, 재스민차, 보이차, 한차, 카푸치노! 오늘은 상쾌하게 하루를 시작하는 목요일이니 만큼 한차를 꺼내 나만의 전용 컵에 한차 분말

가루와 투명하고 뽀얀 연기가 올라오는 뜨거운 물을 부어 화학작용을 일으킨다. 드디어 오늘의 차가 완성되었다.

책상에 앉아 책을 편다. 후배가 선물해준 『매일 읽는 긍정의 한 줄』과 『마음의 속도를 늦추어라(take your time)』를 1시간 정도 읽는다. 이 순간 나의 마음은 잔잔한 호수처럼 편

조동훈 자전에세이

안해진다.

AM 08:00!

아침식사를 할 때는 꼭! 꼭! 씹어 먹는 버릇이 생겼다. 예전에는 전날 먹은 음식메뉴도 모른 채 그저 배부름을 채우기 위한 식사를 하고, 무의식적으로 삼켰다. 하지만 일념집중의 법칙을 알고 난 후 밥을 다 먹을 때까지 다른 것엔 집중하지 않은 채 밥만 먹는다. 그렇게 습관을 들이니 찰진 밥을 만든 요리사의 수고를 알 수 있게 되었고, 아밀라아제의 분비가 많아짐에 따라 밥맛도 좋아졌다.

이제 모든 것이 완벽하다. 일찍 일어나는 것은 나의 바쁜 생활에서 나만의 시간을 가질 수 있는 유일한 기회다. 몸속에 에너지를 축적하고, 기(氣)를 채운 뒤 5분 일찍 출근한다.

AM 08:25!

이렇게 나의 열정적인 하루가 펼쳐진다. 일터의 동료들과 인사를 하고, 업무를 시작한다. 초반부터 레이스는 바쁘게 진행된다. A의 일을 수행하던 중 B가 놀러오고, B의 일을 할 때 갑작스럽게 찾아온 C와 D로 인해 나의 뇌 속에 있는 정리공간은 갑자기 방황하기 시작한다. 그리고 상사의 호출로 인해 A에서 D의 친구들은 잠시 내버려둔 채 상사의 방으로 들어간다.

성장통

상사는 이른 아침부터 기분이 좋지 않은지 누그러진 기분을 풀 상대가 필요했을 뿐이고, 그 타깃이 오늘은 내가 된 것 같다. 미사일처럼 쏟아지고 한바탕 내린 소나기를 맞은 것 같이 나의 몸은 비수 같은 빗줄기로 인해 젖었고, 문 밖을 나왔을 때 옷을 세탁하고 정비해야겠다는 생각의 사무실로 들어갔지만, 내 중심을 찾기도 전에 아까부터 기다린 A~D의 친구들은 자신을 돌봐주지 않았다고 불평과 불만의 볼멘소리를 하고 있었다.

'중심을 찾아야 해! 나의 원 안에 있는 중심과 중용을 지켜야 해!'라고 나 자신을 다잡아 나간다. 하지만 내가 원하는 대로 모든 것이 흘러가지 않는 세상의 이치를 알고 난 후, 그것이 오늘도 지속되고 있다는 느낌도 받게 되었다.

'도대체 왜! 이럴까? 왜 마음을 정리하고 출근했음에도 불구하고, 이러한 일들이 벌어질까? 내가 원치 않는 상황과 준비되지 않는 상태에서 자꾸만 나를 옥죄어 들어갈까?' 하며 처진 어깨를 감추고 그 해답을 찾고 있었다.

나는 분명 내 마음속에 중심을 두고 있는데, 나의 마음대로 되는 것이 하나도 없는 것이다. 위기를 극복하고 맞서는 용기를 지녔음에도 불구하고 그 위기가 극복될 기미는 전혀 보이지 않았다.

이 가운데! 전광석화처럼 나의 머리를 스쳐가는 깨달음의 빛을 발견하였다. 그것은 바로 나의 심적인 원이 너무 크다는 것이었다. 쉽게 말

해! 내 마음과 나의 일 그리고 내 몸에 속한 원의 크기가 서로 달라 각
각의 상황을 재빠르게 대처하고 있지 못하고 있다는 결론에 이르렀다.
항상 상황은 가변적이며 무수히 많은데, 대처할 마음의 자세와 크기가
사뭇 달랐던 것이다. 그리고 그것을 극복할 수 있는 방법 또한 알게
되었다.

    PM 21:27!

내 마음의 원을 둥글게 하고, 그 안에 무수히 작은 원을 그려놓는
것이다. 그 작은 원들이 일상생활 속에서 벌어지는 각각의 상황과 세
상의 이치를 벗어나는 모순덩어리들이지만, 그 작은 원들을 내 안에
넣고 중심을 잡는 것이 방법이라는 것을 깨달았다.

어떤 동그라미의 중심은 마음을 온유하게 가지는 것이었고, 또 다
른 동그라미는 마음을 강하고 카리스마 있게 하는 것이 중심점이었
다. 이 중심과 원의 의미는 대단히 중요한 것이고, 그 내적 의미가 각
각 다르다는 것을 나타내고 있었다. 나는 여태 그것을 모르고, 항상
좋은 게 좋다는 말의 꼬리표를 달고 다녔는지 모른다. 내가 위치한 곳
에서 나의 중심점이 어디이고, 그것에 따라 나의 행동성향이나 태도를
정하면 되는 것이었다. 그 작은 원들의 합이 나의 큰 원을 만드는 것이
었고, 원과 원 사이에 있는 빈 공간들은 나의 경험과 책에서 얻은 교
훈을 접목 시켜 채워 나가는 것이었음을……

PM 11:30!

내 인생의 가장 큰 교훈을 얻은 이날! 나의 마음은 한없이 편해지고, 아침형 인간이 되기 위해 저녁별에게 굿나잇~ 인사를 나누고 행복한 하루를 마쳤다.

성장통

과거에서 배우고 현재를 살며, 미래에 희망을 가져라! 중요한 것은 결코 질문을 멈추지 않는 것이다. 호기심은 그것 자체만으로도 존재에 대한 이유를 가지고 있다.
- 알베르트 아이슈타인(물리학자)

과거의 그림들이 현재의 현상이고, 그 현상들이 모여 미래를 이룬다고 하죠? 당신의 현재가 원하는 만큼 이루어지거나 뜻대로 행해지지 않을 때가 참 많을 것입니다. 그렇지만 호기심을 가지고 상황을 직면하고, 그곳에서 당신의 중심점만 찾는다면 어떤 상황에서도 현명하게 외나무다리를 건널 수 있을 것입니다.

조동훈 자전에세이

괜. 찮. 다.

저녁 8시! 전화벨이 울렸습니다.

"중대장님! 회식 준비 다 되었습니다!"

"그래~ 알았다~ 지금 갈 테니까 기다리고 있어~"

오늘은 새로 전입해 온 신병이 입대 후 군대에서 처음 맞이한 생일이라 축하파티를 해주기 위해 다 같이 모였습니다.

지휘통제실에 회식을 한다고 보고한 후 2층 중대 생활관으로 올라갔습니다. 생활관 입구에 들어서자 중대원들이 각자의 자리에 앉아 저를 기다리고 있었습니다.

"다 모였냐? 정선이가 안 보이는데?"

그중 한 명이 말했습니다.

"정선인 화장실에 다녀온다고 했습니다."

"그래~ 그럼 기다리자! 오늘 하루는 어떻게 보냈어?"라고 시작된 질

네이버 포토 블로그에 게시된 **섬세한이(23in)** 님의 사진입니다.

문에 중대원들은 대답하였고, 계속된 질문과 답을 통해 대화의 열매가 빨갛게 무르익어갈 무렵! 아까 화장실에 다녀온다던 정선이 아직까지 오지 않는 것이었습니다.

"왜 이렇게 늦어? 화장실에 빠진 거 아니야? ^^ 음식 다 식어버리겠다! 승열아~ 얼른 가서 이정선 데리고 와라~"

"네! 중대장님! 알겠습니다!"

그리고 2분 정도 지났을 무렵! 갑자기 승열의 얼굴이 파랗게 질리더니 허겁지겁 말을 더듬으며 어렵게 입을 떼었습니다.

"정선이 피를 흘립니다."

……

전 그저 대수롭지 않은 듯 '화장실에서 나오다가 문틈에 손가락이라도 끼었나?'라고 생각하며, 정선이 있다는 생활관으로 향했습니다. 생활관에 들어선 순간 중대원들은 정선을 둘러싸고 있었고, 순간 정선의 모습을 찾을 수 없었습니다.

"비켜봐! 무슨 일인데?"

아이들은 모세가 행한 홍해의 기적처럼 제가 갈 길을 열어주었습니다. 나는 천천히 다가갔습니다. 그리고 정선의 얼굴을 보았습니다! 덥지도 않은 겨울밤에 땀을 뻘뻘 흘리고 서 있는 정선의 모습을 보았습니다. 그리고 저는 순간 얼어버렸습니다.

……

……

……

정선의 손목에서 붉은 선혈이 폭포수처럼 쏟아져 나오고 있었기 때문입니다. 순간! 저는 부하들부터 진정시켜야겠다는 생각이 들어 웅성거리며 모여 있는 아이들을 향해 소리쳤습니다.

"모두 각자의 생활관으로 돌아가고 문 닫아라!"

그리고 저의 오른손으로 피가 흘러나오고 있는 정선의 왼쪽 손목을 붙잡았습니다. 어느새 붉은 피는 두 사람에게 묻었고, 저는 이 상황을 어떻게 해결해야 할지 머리를 굴리기 시작했습니다.

하지만 영화 속에서나 가능할 법한 상황이 실제로 제게 일어나다 보니 머릿속은 하얗게 변해버려 아무런 생각도 할 수 없었습니다. 우선 지혈부터 해야겠다고 생각하고, 옆에 있던 두루마리 휴지를 꺼내 입으로 물었습니다.

오른손은 여전히 피가 흐르고 있는 정선의 왼쪽 손목을 붙잡고 있었으나, 손가락 틈 사이로 피가 쏟아져 흘러내렸습니다. 휴지로 정선이의 손목을 감쌌지만, 금세 붉게 변해버린 하얀 휴지가 제 기능을 하지 못하고 빨갛게 물들었습니다.

순간! 진정시켜야겠다는 생각이 들어 정선을 침대에 앉혔습니다. 그리고 그의 두 손을 잡고떨리는 목소리로 말했습니다.

"정선아~ 왜 그랬어?"

"······."

"왜 그런 거야?"

아무 말이 없던 그가 제게 한마디 하였습니다.

"군 생활이 너무 힘들었습니다."

"그래? 많이 힘들었어? 마음이 많이 아팠겠구나!"라며 안정을 취하기 위해 앉았는데, 제 다리도 자꾸만 덜덜 떨려왔고 숨길 수 없는 그 진동이 정선의 손까지 전해졌습니다. 그리고 '피가 이렇게 따뜻하구나!'라는 것을 느끼고, 금세 굳어버린 피로 인해 저의 손은 석고를 입힌 것처럼 딱딱해져 갔습니다.

자꾸만! 자꾸만! 마음이 아리고 아팠습니다. 과연 이 난관을 어떻게 헤쳐 나갈 수 있을지······. 힘들고, 울고 싶었습니다.

하지만 차마 부하 앞에서 눈물을 보일 수는 없었기에······ 저의 막중한 책임을 누구보다 잘 알고 있었기에······ 그저 진지하게 그의 눈을 바라봐주는 것이 제가 할 수 있는 최선의 길이었습니다. 하얀 겨울에 붉은 핏자국은 제 마음속으로 들어왔고, 그 피가 저의 심장박동을 강하게 두드려 온몸이 떨렸습니다. 속으로는 이런 말을 하고 싶었습니다.

'이놈아! 너만 힘든 거 아니야~ 나도 많이 힘들단 말이야······.'

그와는 다섯 살의 나이 차이가 나지만, 저는 벌써 어른이 되어버렸습니다.

"정선아 의무실부터 가자! 가서 치료부터 받고 이야기하자!^^"

성장통

　그 긴박한 순간에 저는 치아가 보일 정도로 환하게 웃어주었습니다. 왠지 그렇게라도 하지 않으면, 정선은 더욱 혼란스러워할 것 같았고, 제 자신의 떨리는 마음을 숨길 수 있는 방법은 따뜻한 미소를 보내주는 것이었으니까요.

　"괜. 찮. 다.! 그럴 수 있는 거야~"

　옷을 따뜻하게 걸치고, 또다시 자해를 할지도 모른다는 생각에 가까이에 있던 전우를 불러 양쪽에서 팔짱을 끼고 의무실로 향했습니다. 초겨울 매서운 칼바람이 몸속을 깊이 파고들었고, 가슴은 점점 아리고 시렸습니다.

　얼마쯤 걸어갔을까? 의무실에 도착하니 사람이 아무도 없었습니다. 텅 빈 사무실에는 전화기만 제자리에 덩그러니 놓여 있었습니다. 할 수 없이 구급통을 직접 가져와서 소독된 솜을 핀셋으로 집고 소독을 했습니다. 굳어버린 피를 지우개를 지우고 나니 투명하고 뽀얀 살이 드러났고, 손목에는 깊이 빨갛게 파여 있는 크레바스(남극이나 북극에서 빠지면 나오지 못하는 해구와 같은 계곡)가 있었습니다.

　얼마나 아팠을까? 차라리 내가 그 아픔을 대신했으면 좋았으련만……. 이것이 부모의 심정이고, 지휘관의 마음인가?

　괜. 찮. 다!

　응급치료를 마치고 나니 그제야 허겁지겁 의무중대장이 들어왔습니다. 미리 응급치료에 대해 칭찬해주며, 상처 난 환부자리를 꿰맸습니다. 환자를 진정시키고 난 후 의무실에 누워 자고 있는 그의 옆에 앉았습니다. 그리고 그의 이마와 손을 어루만져주며, 이야기 하나를 해주었습니다.

"정선아~ 옛날에 어느 왕이 살고 있었어. 그 왕은 신하에게 이 세상에서 가장 값진 말을 찾아오라고 지시했지~ 백방으로 수소문한 끝에 신하는 왕에게 하나의 말을 전달했고, 그 말을 반지 안쪽에 새겨 왕에게 선물했단다! 그 반지 안에 뭐라고 쓰여 있었는지 아니?"

"……."

"그 반지에는 이렇게 쓰여 있었단다!"

"모든 것은 지나가리라. 힘들지만 꼭 이겨내야 돼! 그리고 자신의 몸에 이렇게 나쁜 행동을 하면 나중에 큰 벌 받아! 무엇 때문이라도, 어떤 상황이라도 힘이 들면 내게 와라! 너의 힘든 모든 면을 감싸줄 테니까."

30분이 지나자 눈을 감고 아이같이 곤히 자고 있는 정선의 모습을 보고, 어렵게 든 잠이 깰 까 봐 생쥐처럼 조용히 일어나 문을 열고 밖으로 나갔습니다. 그제야 온몸에 힘이 쭉 빠지고, 다리가 풀려 그 자리에 주저앉았습니다.

그리고 소리 없이 눈물을 흘렸습니다. 저의 지휘 의도와 방식에서 많은 잘못을 통감하고, 반성하는 용서의 눈물이었습니다. 충격 받은 마음의 상처들이 아물기도 전에 또 다른 상처하나를 냈습니다. 제 마음과 머릿속에는 찾지 못한 해답으로 가득 차 있었습니다. 그리고 마음을 다잡기 위해 조용히 내게 속삭였습니다.

"괜. 찮. 다!"

오늘은 저의 군 생활 6년 중 가장 길고 힘든 날이었습니다.

"힘내!"라고…… 밤에 헤어질 때나 아주 좋은 이야기를 나누었을 때 로댕은 곧잘 내게
이렇게 말하는 것이었습니다. 그는 알고 있었던 겁니다. 젊었을 때, 날마다 이 말이 얼
마나 필요한 것인가를…….

- 라이너 마리아 릴케(독일의 시인)

힘내세요! 힘내세요! 그리고 힘내세요!

네이버 포토 블로그에 게시된 **matizv6(matizv6)** 님의 사진입니다.

10미터만 더 뛰어봐!

오롯했던 봄과 만발한 꽃이 활짝 웃음 짓는 여름! 바람이 불지 않아
도 자꾸만 말수가 많아진 잡초들의 움직임까지 느껴지는 가을! 그리
고 유일하게 눈 속에서 꽃을 피우는 설중매의 자태가 돋보이는 겨울!
신께서 주신 이 사계절이라는 선물 가운데 유난히 가을은 다른 계절
과는 차별대우를 받는다.

학창시절…… 봄과 여름 그리고 겨울엔 방학이 있었지만, 유독 내가
좋아하는 계절인 가을에만 방학이 없었다. 이처럼 어렸을 때부터 내
가 원하는 대로 모든 것이 이루어지지 않는다는 진실의 법칙을 발견하
였다. 그리고 이러한 진실들은 지구상에서 수없이 이루어지는 평범한
일상 속의 하나라는 것이 내겐 더 충격적인 사실이었다.

지금부터 시작되는 벼룩 이야기는 자신의 생각대로 이루어지지 않
는 진실의 법칙 속에서 상상의 틀과 호기심! 그리고 가슴속에 잠재되

어 있는 열정으로 이겨나가는 이야기이다.

The story

제게만 있는 유일한 방학인 가을방학 때마다 여름 내내 입었던 짧은 소매의 셔츠와 바지를 세탁하고, 정리해놓는 일을 합니다. 오늘도 어김없이 지난여름 동안 푹~푹~ 쌓아놓았던 빨랫감을 꺼냈습니다. 몇 달 동안 빨랫감을 정리한 후 마무리를 해놓지 않아서인지, 먼지가 소복이 쌓여 있었고, 옷감을 들어 공중에 털어낼 때마다 먼지 알갱이가 허공에서 춤을 추었습니다. 그때였습니다. 벼룩~ 하나가 툭! 뛰어오르는 것이었습니다.

생전 처음 보는 신기한 녀석이라 자리에 가만히 앉아 벼룩을 면밀히 관찰했습니다. 어느 책에서 읽었는데, 벼룩은 자신의 몸의 몇십 배나 뛰어오른다고 합니다. 마치 올림픽에 출전한 부브카나 이신바예바(올림픽 세계신기록을 수립한 장대높이뛰기 선수)와 같이 멋지게 점프를 하는 것이었습니다. 시간이 가는 줄도 모르고, 최고 30센티미터를 뛰는 멋진 광경을 바라보고 있었습니다.

그때 저는 호기심이 생겨 유리컵 하나를 가져와서 벼룩 위에 거꾸로 덮어놓았습니다. 빙~빙~ 둥글게 궤적을 그리던 벼룩은 이내 주특기인 점프를 하기 시작했습니다. 유리컵 속에서 탈출하고, 투명한 바깥세상으로 도피하기 위해 머리에 혹을 만들어 가면서도 점프하는 것

조동훈 자전에세이

을 멈추지 않았습니다.

　유리컵의 높이는 고작 7센티미터에 불과했고, 만약 그 상황에 제가 처해 있었다면 매우 답답했을 것 같았습니다. 그리하여 3시간 동안 관찰한 끝에 애석한 마음이 들어 덮어놓았던 유리컵을 열었습니다. 그리고 벼룩이 자유롭게 뛰어오르는 것을 보기 위해 웃음 지으며 벼룩을 유심히 관찰했습니다.

　그런데 갑자기 이상한 일이 벌어졌습니다. 유리컵에서 자유로워진 벼룩은 아무리 높이 뛰어오르려고 뒷다리와 무릎을 굽혔지만, 10센티미터도 채 뛰지 못하는 것이 아니겠어요? 아까 놓인 유리컵 높이만큼 말이에요~ 더 이상 유리컵은 벼룩의 머리 위에 없었지만, 벼룩은 불과 몇 시간 전과 같은 날렵한 움직임을 보이지 못했습니다. 이것은 보이지 않는 유리컵 높이에 대한 반응이 머리로 인지되어 행동으로 나타난 것이었습니다.

보이지 않는 곳에서 자신만의 틀 속에 갇혀 그 틀을 벗어나지 못하는 벼룩의 삶이 마치 제 삶과도 같다는 생각이 들었습니다. 지금까지 저는 주변 환경에 따라 제 자신을 예속시켜가며 그곳에 놓인 범주와 법칙 속에 사로잡혀 그 이상의 세계를 바라보거나 나아가지 못하고, 그 안에서 종속되어버리는 일이 종종 발생하였습니다.

자꾸만 변화하는 환경 속에서 세상의 평화와 안정 그리고 나만의 행복을 찾기 위해 옛날부터 몸에 익숙해진 생활습관들로만 고수하려 했고, 그 이외 것들에 대해서는 무의식적으로 배척하고 있었던 것이었습니다.

비커에 담긴 개구리가 뜨거워진 물속에서 매너리즘에 빠져 서서히 숨을 거두어가듯……. 지금의 평안과 행복이 제가 원하던 행복과 평안으로 이루어지지 않게 될 수도 있다는 상황에 조금은 놀랐습니다. 그러기에 이제는 환경의 변화에 대해 수용하고 도전하여 제 머리 위에 놓인 보이지 않는 유리컵에 대해 지레 겁먹지 말아야겠다고 다짐했습니다.

인생에서 가장 중요한 것은 나의 내부에서 빛이 꺼지지 않도록 노력하는 일이다.
- 슈바이처

여러분의 마음속에는 시작도 하기 전에 지레 겁을 먹고, "난 안 돼! 여기까지가 나의 한계야~ 난 최선을 다했다고……."라며 자신의 능력을 유리컵 속에 가두어두지는 않았습니까? 여러분에게는 불가능과 한계란 없습니다. 인간이란 거대한 소우주 속에 있는 무한한 가능성을 실현시킨 사회적 동물입니다. 그리고 그 가능성에 대해 주변 사람은 당신의 능력을 예측하거나 판단할 수 없습니다. 자신 속에 갇힌 강박관념을 버리고, 한계를 깨버리세요.
이 세상에서 No. 1이 되는 것보다 더 중요한 것은 only 1이 되는 것입니다.

<u>153</u>

성장통

네이버 포토 블로그에 게시된 **염장(yslee1129)** 님의 사진입니다.

조동훈 자전에세이

PAC Method

뛰어다니는 직사각형인 고속버스를 타고 한밤중에 끝없이 펼쳐진 고속도로를 달렸습니다. 발가락까지 시린 겨울밤! 여인의 허리춤처럼 생긴 가냘픈 초승달만이 고속버스의 행로를 밝혀주고 있었습니다. 이에 자신감이 붙은 고속버스는 힘껏 전진하며, 저 멀리 보이는 까만 한 점을 향해 내달렸습니다. 차창 밖은 순간순간 지나치는 가로등 불만이 드문드문 반짝였으며, 전신줄은 착시현상으로 인해 자꾸만 가야금 줄을 타고 있었습니다. 버스 안의 승객들은 고요한 잠을 청하고 있었고, 모든 불은 이에 맞추어 소등되었습니다. 고요한 적막과 정적만이 간간히 들려오는 운전기사의 액셀러레이터 밟는 소리로 버스 속도를 어림잡아 알 수 있었습니다.

이 늦은 한겨울밤! 저는 어디론가(?) 떠나고 있었습니다. 좌석번호는 21번……. 참고로 우등버스는 좌측에 2개의 좌석이 붙어 있고, 우측에는 1열종대로 행렬을 이룬 좌석들이 줄지어 있습니다.

제 자리는 우측에 하나로 이어진 맨 마지막 좌석이었습니다. 그 좌석은 저만의 first-class로, 이 자리는 여행을 가기 이틀 전에 예약하는 저만의 고유석입니다. 그 고유석에서 창밖을 바라보며, 차창 밖의 쌀쌀한 냉기가 창문 틈새로 소리 없이 스며들어 왔습니다. 왠지 신경을 거슬리는 느낌이었지만, 금세 내부에 있는 따사로운 온기들로 인해 냉기는 곧 사그라졌습니다.

그렇지만 냉기와 온기는 그리스 신화에 나오는 아킬레우스와 적장인 파리스의 싸움처럼 옥신각신 다투며 제 몸을 야누스처럼 변화시켰습니다. 차창 먼 곳에 있는 저의 왼쪽 다리는 뜨거움! 차창과 인접해 있는 오른쪽 다리는 차가움! 왠지 그 느낌과 촉각이 어색하지는 않았지만, 일관성 없는 온도에 대한 느낌 때문에 이상적인 생각들이 자꾸만 시계추처럼 흔들렸습니다.

제가 탄 버스는 그로부터 30분 남짓 이동하였지만, 휘어진 초승달은 미동도 하지 않았고, 저는 그 모습을 보며 깊은 생각에 빠졌습니다. 움직임의 대한 낯섦, 온도의 반응하는 몸에 대한 낯섦 그리고 각종 커뮤니케이션에 대한 낯섦!

이러한 수많은 낯섦들 중 바로 커뮤니케이션의 대한 낯섦에 대해 이야기해보려 합니다.

......

조동훈 자전에세이

심리학 공부를 1년 정도 했을 무렵! '대인관계는 바로 인간심리에 의해 좌우되며, 그것은 커뮤니케이션의 오락성일 뿐'이라는 것을 알게 되었습니다. 그리고 그 오락엔 보이지 않는 법칙과 방법 또한 있다는 것을 알았습니다.

먼저 그 방법을 말하기에 앞서, 8살 시절로 돌아가 봅니다. 때는 1990년 국민학교(일제의 잔재로 남겨져 초등학교라 불리기 이전에는 6학년 때까지는 이렇게 불렀음) 1학년! 유치원에서 국민학교라는 집단에 속하였을 때, 전 어린아이답지 않게 사회현상에 관심이 많은 어린아이였습니다. 그리고 그 생각의 해답은 늘 뫼비우스의 띠처럼 맴돌고 있었습니다. 그날도 해답을 찾던 놀이를 하던 중, 어떤 친구가 제게 와서 이렇게 물었습니다.

"동훈아~ 밥 먹었어?"

전 그때 처음 고민이라는 것을 했습니다. 과연 이 상황에서 내가 어떤 대답을 해야 하지? 짧은 단답형으로 "응."이라고 답을 해야 하나? 아니면, 약간 말을 더 보태어 "밥은 먹었는데, 다 먹지 못했어!"라고 해야 하나?

이러한 최상의 대답을 해야 한다는 압박감으로 1초 늦게 대답하는 버릇이 생겼고, 그때부터 친구들은 '똑딱이'라고 불렀습니다. 하지만 그 수식어는 제겐 칭찬이 아니었습니다. 대화법에서 난제(難題)를 겪고 있었고, 때론 심각하게 현상과 사물을 바라보는 습관을 가지게 되었습니다. 이러한 습관은 27살이 되어서도 계속되었습니다. 빨리 결정하

고, 판단해야 하는 이때! 전 아직도 백치 아다다처럼 더듬대고 머뭇거
리고 있었습니다.

그때 제 앞에 등불이 되어준 법칙 하나가 있었으니, 그건 바로 P C
Method였습니다.

PAC란 자아성숙 대화법으로 P(Parent ego state), A(Adult ego state),
C(Child ego state)인데, P란 부모가 아이에게, 즉 윗사람이 아랫사람에게
말하는 지시형으로 사무적인 대화가 여기에 속합니다. 그리고 A란 이
상적이고 현실적이지만, P보다는 그 의미가 부드럽습니다. 마지막 C는
아이들이 대화하는 방법으로, 이상이 배제된 채 감정과 느낌들이 공
유되어 이야기(스토리텔링)하는 방법(method)입니다.

여기까지 보면, PAC가 무엇인지 알 수 있습니다. 상담자와 내담자
그리고 대화를 하는 개체와 개체는 서로에 맞는 대화방법을 사용해야
합니다. P→P, A→A, C→C로 대화를 해야 가장 이상적인 커뮤니케이
션이며, P→C, A→P, C→A는 바람직하지 못한 대화법입니다.

한 예로 A라는 사람이 B에게 "지금 몇 시예요?"라고 물어보면 B는
"지금은 2시입니다."라고 답을 해야 바른 답변입니다. 하지만 이때 "시
계도 없어요? 시간도 모르게."라고 P의 방법으로 답을 하거나 C의 방
법처럼 "지금 내 마음에게 따스한 온기를 비추어 주는 시간(정오)이야."
로 말을 한다면 A는 B를 어린아이로 취급해버리거나 더 이상 B와 대
화가 이어지지 않을 것입니다.

조동훈 자전에세이

저는 그동안 이 쉬운 PAC 방법을 모른 채 살아왔습니다. 말은 인격이고, 그 인격이 하나의 리더십이 된다는 아이젠하워의 말처럼 의미와 상황에 부합된 말을 사용해야겠습니다.

사람들은 자신이 원하는 대로 이루어지지 않으면 아이가 된다. 그것은 생쥐가 미로를 탈출하기 전까지 계속해서 치즈를 찾아 헤쳐 나가며, 그 안에서 자꾸만 막다른 길을 만나게 되는 이치이다.

- 프로이트의 정신분석학 이론 중에서

자신이 원하고 바라는 대로 올바르게 행하면 지성과 이상에 대해 눈을 뜨게 되며, 그 때부터 당신은 현명한 성인이 될 것입니다.

네이버 포토 블로그에 게시된 **행복닷컴(grem2030)** 님의 사진입니다.

Success Code

사막에 있는 모래를 녹여버릴 듯한 태양 아래에서 수분을 보충하기 위해 오줌을 헝겊에 적서 땀을 식히며, 그것으로 두건을 만들어 머리에 감는 장면은 그리 놀라운 일이 아니다. 그리고 사막에서 오아시스의 신기루를 보는 것 또한 일반적인 착시현상에 불과하다. 찌는 듯한 더위 속에서 무엇인가에 대해 열렬하게 갈망하고, 말라가는 목젖에 침을 삼켜보아도 갈증은 쉽게 해결되지 않고 더 심한 탈수현상으로 다가온다.

내게는 다이아몬드보다도 수백 미터 아래에서 끌어올린 광천수가 유일한 갈증해소 음료이다. 현재 나도 사막에서 물을 찾는 나그네와 같은 갈증을 느끼고 있는데, 그것은 바로 성공에 대한 갈증이다.

즉, 더 많은 사람들에게 인정받고, 국가와 국민의 발전에 보탬이 되고자 그 방법과 묘안을 계속 생각 중이다. 주변 사람들은 내게 성공과 부(富)의 상관관계에 대해 물어보고 왜 그토록 성공하고 싶냐고 묻는다. 그럴 때마다 나는 성공과 부에 대해 이렇게 정의한다. "주님께서 주신 은총과 내가 원하는 일을 하며, 많은 사람들에게 선한 영향력을 미치고, 그로 인해 내가 이 세상에서 숨을 쉬고 있는 동안 아니면 그 이후 조금이라도 사회발전에 대해 공헌하기 위해서입니다. 그리고 부는 성공에 그림자처럼 따라오지만, 돈이라는 것은 나의 라이프 사이클(life cycle)에 맞춰 가지고 있어야 나의 생각과 행동 그리고 자존심이나 존재가치를 인식시켜 주기 위한 것입니다. 그렇기 때문에 더 성공하고 싶고, 많은 부(富)를 가지고 싶습니다. 이러한 성공의 대한 목마름으로 나는 성공의 키워드인 success code를 발견하게 되었다.

다음에 내가 제시하는 문제에 대해 답해보기 바란다. 당신의 성공 감각과 성공지능을 높이기 위해 중요한 문제가 될 테니까…….

한 병에 100원인 콜라가 있다. 이 콜라는 두 병이 되면 한 병과 바꿀 수 있다. 자, 당신에게는 500원이 있다. 당신은 최대 몇 병의 콜라를 얻을 수 있을까?

당신의 대뇌에 있는 전두엽에서 딸그락~거리는 소리가 여기까지 들려온다. 혹시 아홉 병이라고 생각하는가? 당신이 성공하고 싶다면 아홉 병이라고 생각해서는 안 된다. 아홉 병이라고 대답한 당신은 문제

조동훈 자전에세이

에 대해 그저 현명하게 분석한 것이다. 하지만 성공하기 위해서는 뇌의 분석기능과 창의기능 그리고 이 두 가지가 결합된 실천기능이 있어야 한다.

먼저 500원으로 콜라를 다섯 병 마실 수 있고, 두 병으로 한 병과 바꿀 수 있으니 두 병을 더 마실 수 있다. 그리고 두 병과 남은 한 병으로 또다시 콜라 한 병을 마실 수 있다. 여기까지가 일반적으로 분석하여 아홉 병이라고 답변한 사람들이다. 그렇지만 여기서 우린 한 단계 더 발전시켜야 한다. 아홉 병이지만 콜라 주인에게 한 병을 더 빌린 후 두 병이 된 콜라에서 나머지 새것 한 병을 주인에게 반납하면 콜라 병은 총 열 병이 되고, 주인도 다시 새로운 콜라를 받게 된다. 이러한 생각과 답변들이 어불성설이라고 말하는 사람들도 있을 것이다. 하지만 이 예에는 성공으로 향하는 중요한 메시지가 담겨 있다.

차근차근 살펴보면 먼저 서두에 언급한 분석기능을 가지고 있다. 문제를 합리적으로 분석하여 500원으로 아홉 병을 마실 수 있다는 생각이 분석기능에 속한다.

그리고 두 번째는 창의기능이다. 창조적인 해결책을 생각하고, 빈병을 활용하여 한 병을 더 확보한다는 가정! 이것이 창의기능이다.

마지막으로는 실천기능이다. 이것은 해결책을 자신 있게 실천하는 것으로 콜라 한 병을 주인과 협상하고, 외상을 받아 자신에게는 한 병의 이익을…… 콜라가게 주인에게는 콜라의 내부가 변질되지 않고 원

성장통

상태로 되돌려주는 것.

이러한 것들이 기존의 분석기능에서 멈추지 않고, 성공지능과 실천 지능으로 발전하는 것이다. 바로 성공의 코드는 여기에 있다.

예를 하나 더 들어보면 아마존 강 기슭에서 길을 잃어 곰 한 마리에 게 쫓기는 신세가 된 두 사람이 있다. A라는 사람은 학창시절부터 똑 똑하기로 유명한 우등생이었고, B라는 사람은 눈치 빠른 열등생이었 다. 과연 이들에게는 무슨 일이 일어난 것일까? A는 곰에게 잡힐 시간 을 정확히 계산하여 체력을 안배하여 달리기 시작했고, B는 뒤쫓아 오 는 곰을 뒤로하고, 제자리에 쪼그려 앉아 신발 끈을 고쳐 매고 있었 다. A가 이 장면을 보고, B에게 다급한 목소리로 말했다.

"자네! 지금 제 정신인가? 우리는 절대 곰보다 빨리 뜰 수 없네! 어 서 빨리 도망치지 않으면 안 돼!"

이를 가만히 듣고 있던 B가 A에게 미소를 띠며 대답했다.

"자네 말이 맞아! 나는 곰보다 빨리 뜰 수 없네. 하지만 난 자네보다 빨리 달리기 위해 느슨한 운동화 신발 끈을 고쳐 매고 있는 거야~"

이렇게 문제에 대해 정확하게 분석하는 분석지능뿐만 아닌 창조 적인 창의기능 그리고 이를 실천하는 실천기능으로 세상을 현명하게 살아가는 사람들이 의외로 많고, 이러한 3가지의 교집합 성공조건들 이 하나로 모여 통합된 성공지능, 즉 success code를 만들게 되는 것 이다.

먼 훗날! 어디선가 나는 한숨을 쉬며 이야기할 겁니다. 숲속엔 두 갈래 길이 있었고, 나는 사람들이 적게 간 길을 택하였다고 그리고 그것 때문에 모든 것이 달라졌다고…….

- 로버트 프루스트의 〈가지 않은 길〉 중에서

성공을 하기 위해서는 창조적이며 자신만의 색깔을 만들어야 합니다. 그것을 개성이라고 하죠? 다른 사람이 가지 않는 길! 그리고 다른 사람이 생각하지 못한 것을 생각해내는 힘! 그것들이 알람소리처럼 당신의 잠재능력을 깨울 것입니다. 당신의 잠재능력을 깨우기 위해 작은 연필을 들고, 오늘 하루를 힘차게 시작해보시기 바랍니다.
……

〈연필 같은 사람〉
연필은 다섯 가지 특징이 있습니다. 연필의 첫 번째 특징은 여러분이 장차 커서 큰일을 하게 될 때 연필을 이끄는 손과 같은 존재가 있음을 알려주는 것입니다. 우리는 그러한 존재를 신이라고 부릅니다. 그리고 그분은 항상 당신이 원하는 대로 인도하십니다. 두 번째는 가끔 쓰던 걸 멈추고, 연필을 깎아야 할 때도 있다는 것입니다. 당장은 좀 쓰리고 아파도 연필심을 더 예리하게 깎아서 잘 쓸 수 있습니다. 이제 당신은 고통과 슬픔을 견디어내는 법을 배워야 합니다. 그래야 더 성장한 사람으로 거듭날 수 있습니다. 세 번째로 연필 뒤에는 글씨를 쓰다가 실수를 했을 때 지울 수 있는 지우개가 달려 있다는 점입니다.
잘못된 것을 바로잡는 것은 절대 부끄러운 일이 아닙니다. 오히려 우리가 옳은 길을 가도록 도와주는 멘토 역할을 합니다. 네 번째로 연필에서 가장 중요한 부분은 외피를 감싼 나무가 아니라, 그 안에 든 심이라는 것입니다. 그러니 늘 당신의 마음속에서 어떠한 일이 일어나고 있는지 마음속에서 울리는 그 소리에 귀를 기울여야 합니다.
마지막 다섯 번째로, 연필은 항상 그 흔적을 남긴다는 사실입니다. 마찬가지로 당신이 살면서 행하는 모든 일 역시 그 흔적을 남긴다는 걸 명심하시기 바랍니다. 우리는 스스로 무슨 일을 하고 있는지 늘 의식하면서 살아야 합니다.

네이버 포토 블로그에 게시된 iowagirl(iowagirl) 님의 사진입니다.

Love of IriS

차창 밖에 내리는 게 눈인지 비인지 분간할 수 없는 느지막한 저녁! 연습실에서는 이번 앨범에 대해 토의하기 위해 사람들을 기다리고 있었다. 좌우 한 평 남짓한 벽난로에서는 탁탁거리며 장작 타는 소리가 들렸으며, 붉은 화염은 바깥공기라도 집어삼킬 만큼 거세어졌다. 약속 시간보다 먼저 도착한 승훈 형이 긴 쇠꼬챙이로 이리저리 장작무덤을 뒤엎고 나서야 화염은 오히려 잠잠해졌다.

"어라~ 아직도 다 안 왔네! 나 기다리는 거 지루하단 말이야~^^"

"알았어요~ 형! 조금만 기다려봐요~ 곧 오겠죠? ^^"

나는 너스레를 떨며 칭얼대는 승훈 형을 어린아이 달래듯 보듬었다.

때마침 현관문이 찌~~익~ 열리면서 승기가 들어왔다! 승기는 언제나 밝고 활달하다! 얼굴엔 항상 웃음꽃이 활짝 펴 있어서, 우리 서클은 승기를 화안(花顔: 꽃과 같은 얼굴)이라 부른다.

"형~ 죄송해요~ 제가 많이 늦었죠? 오는데 압구정에서 차가 많이 막히더라고요~ 한국도로공사 사장에게 따져야겠어요~^^"

"야~ 차가 막히는데 왜 그걸 한국도로공사에 민원요청을 하냐? 그래도 약속시간에 늦지 않았어~ 아직 모임 10분 전이야.^^"

이렇게 우리 모임(아이리스)은 언제나 만나면 즐겁다. 때론 호랑이처럼 으르렁거리기도 하지만, 그건 새끼 호랑이들이 서로 장난을 치며 노는 것이었다.

약속시간이 1분가량 남았을 때! 아이리스 멤버 모두가 한 자리에 모였다. 이번에 작사, 작곡을 맡은 실력파인 형석 형이 사회를 보며 입을 뗐고, 우리 아이리스 멤버 모두는 형석 형의 입에서 나오는 첫 단어를 잡기 위해 귀를 쫑긋 세우고 있었다.

"먼저 이번 싱어송의 콘셉트는 가슴 아픈 사랑에 관한 노래야~ 뭐! 주제가 따로 정해진 것도 없고, 내용도 포괄적이라 마음껏 상상해봐! 그럼 이제부터 브레인스토밍(brain storming)을 하세요!^^"

형석 형의 말이 끝나기가 무섭게 승철 형이 스타트를 끊었다!

"음~ 사랑이 정말 있기는 한 거니? 내 맘을 다 줘도 왜 항상 떠나가는지? 다시 사랑할 순 없을 거 같아! 사랑 참 어렵네요~ 문득 보고 싶어서 문득 그리워져서 하루에도 몇 번씩 가슴이 아파~ 내 멍든 가슴은 온통 너로 가득 차! 난 아무것도 할 수 없어~ 사랑 참 어렵다! 너무 힘들다! 있는 그대로만 바라보면 괜찮을 텐데. 내 모든 걸 다 주어도

조동훈 자전에세이

부족한 사랑 참 어렵다! 여기까지가 우리 인연인가 봐~ 네가 행복하다면 이별도 사랑이니까……." (이승철의 〈사랑 참 어렵다!〉)

"역시 국민가수 승철이야~ 이승철은 정말 나의 심금을 울리는 작사가이자 가수야~ 이런 걸 싱어송 라이터라 하지? 하하하"

"자! 다음은 누가 해볼까? 음~ 그래! 새로 아이리스 창단 멤버로 들어온 새내기 거미가 해볼래?^^"

"언젠가는 헤어질 것 같아서 아플 만큼 아파할 것 같아서 나 한 걸음씩 한 걸음씩 사랑에게 멀어졌는데, 누군가가 소리 없이 다가와~ 닫혀 있던 내 맘 자꾸만 흔들리게~ 이별은 항상 사랑 뒤를 따라와~ 떠날 때 항상 사랑까지 데려가~ 다 알지만 다 알지만, 그대가 내 마지막이면 좋겠어~ 죽어도 나를 사랑하지 않아도~ 즐기듯 나를 다치게 해도 미워 안 해! 미워 안 해! 내가 먼저 사랑했으니까~" (거미의 〈이별은 사랑 뒤를 따라와〉)

와우~~ 연습실에는 새내기 멤버인 거미를 향해 감탄사를 내뱉었다! 가만히 앉아 있었던 거미에게서 그와 같이 가슴과 더 깊은 심장까지 떨리게 만드는 가사는 생전 처음 들어보았던 것이었다.

"자~ 이 분위기를 이어 다음은 누가 해볼까?~ 저기 건모야~ 네가 좋겠다! 후배에게 답례인사 해야지^^"

"알았어요~ 형~ 제가 할게요~"

건모 형은 하얀 치아를 드러내며 자신이 숨겨놓은 보물을 꺼냈다.

성장통

"흔들리는 그대를 보면 내 마음이 더 아픈 거죠. 그댈 떠나버린 사람이 누군지 몰라도 이젠 다 잊어주길 바라요. 한없이 울고 싶어지면, 울고 싶은 만큼 울어요. 무슨 얘기를 한다 해도 그대의 마음을 위로할 수 없단 걸 알기에. 난 어쩌면 그 사람과의 만남이 잘되지 않기를 바랐는지도 몰라요. 그대를 볼 때면 늘 안타까웠던 거죠. 우리의 만남이 조금 늦었다는 것이~~ 이젠 모든 걸 말할 수 있어요. 그 누구보다 그댈 사랑했음을…… 세상이 그대를 속일지 몰라도 내가 그대 곁에 있음을 기억해요." (김건모의 〈사랑이 그대를 속일지라도〉)

"역시 건모야~ 너 가수 계속하지 왜 은퇴했냐?"

"아이~ 형~ 저 아직 가수예요~^^ 피아노만 있으면 노래 줄~줄 나온다고요~"

이번에도 연습실에서는 웃음보가 터져 나왔다. 건모 형의 숙련된 노하우가 빛을 발하는 순간이었다!

"자~ 그럼 이제 알리가 해볼래?"

"알리? 누구지?"

연습실 이곳저곳에는 알리가 누구인지에 대해 수군거리는 소리가 들렸다! 그때 마침 연습실 구석에서 새까만 애가 손을 들었다! 난 처음에 그 애가 건모 형인 줄 알았는데? ^^

하지만 알리의 노래가 끝나자 어느 누구도 알리의 재능에 대해 단 한마디도 하지 못했다. 알리는 분명 이곳 아이리스 멤버가 될 자격이

조동훈 자전에세이

충분히 있었던 것이다.

"우리 이별을 말한 지 겨우 하루밖에 지나지 않았어! 하지만 너무 이상하게도 내 맘은 편안해 자유로운 기분! 이틀~ 이틀째가 되던 날! 온몸이 풀리고, 가슴이 답답해~ 3일째 되던 날! 내 심장소리가 너무 커서 잠도 못 자~ 나흘 되던 날! 눈앞이 캄캄해지고, 5일 되던 날! 눈물만 주르륵~ 엿새 되던 날! 가슴이 너무 허전해~ 하루 온종일 걷기만 하네요~ 일주일~일주일이 되던 날! 노래 속 가사가 모두 내 얘기 같고, 드라마 영화 속에 나오는 3류 사랑얘기가 모두 다 내 얘기만 같아! 한 달! 한 달째가 되던 날! 네가 좋아했던 긴 머릴 자르고, 네가 싫어했던 야한 옷을 입으니 이별이 이제야 실감 나네~ 1년 되던 날! 널 많이 닮은 사람과 사랑에 빠져 행복을 찾았고, 가끔은 너의 소식에 조금은 신경 쓰여도 그냥 뒤돌아 웃음 짓게 되네~" (ALI의 〈365일〉)

"형석 형~ 이번에는 효빈의 노래 들어봐요~^^"

어디선가 효빈의 이름을 부르는 소리가 들렸다.

"기억하고 있니? 우리가 함께했던 시간! 벌써 넌 지워가고 그렇게 잊어가고 있어~ 네가 떠난 자리 숨 막힌 그 시간들에 난 아무것도 할 수 없어! 어쩌나 떨리는 너의 표정 무슨 말을 하려 해~ 너와 언젠가는 다시 만날 수 있다고 말해. 까만 눈동자 속에 이제 내가 안 보여~ 울고 있는 너의 얼굴에 눈물 닦아줄 수도 없어! 이젠 나도!! 내 사랑 떠나가요~ 그렇게 떠나가요~ 우리의 짧았던 행복은 이제 정말 끝인가 봐요~

성장통

어떻게 떠나가요. 날 두고 떠나가네요~ 언젠가는 그대 다시 만나길~"
(김효빈의 〈내 사랑 떠나가요〉)

효빈의 이야기가 끝이 나자 연습실에는 조용한 박수소리가 났고, 모두들 깊은 생각에 빠져 있는 듯했다!

형석 형은 우리의 노래 이야기를 듣고, 매우 흡족한 표정을 지었다. 마치 작사에 많은 도움이 될 거라 확신하고 있는 표정이었다.

그리고 형석 형이 말을 이어갔다.

"너희들 몰라보게 성장했구나! 정말 달라 보이는데, 쬐그만 승기 군도 이젠 어엿한 청년이 다 되었네!"

승기는 커다란 눈을 껌뻑껌뻑하고, 자기 차례라도 되어 기다렸다는 듯이 말했다! 그리고 승기는 진정 가슴으로 말하고 있었다.

"누가 내게 그러더라~ 우린 잘 어울린다고, 우린 잘 만난 거라고 그랬지. 누가 내게 그러더라~ 우린 영원할 거라고, 그래 그때는 그랬지! 다 거짓말! 이젠 우리 헤어지자! 그만 만나자! 가끔 슬퍼져도 추억에 웃자! 마지막 널 위해 이 말밖에 할 수 없기에 모른 척 아닌 척 하며, 우리 이제 그렇게 하자!" (이승기의 〈우리 헤어지자〉)

"오~ 역시 승기야~ 승기는 날이 갈수록 발전하는 것 같아^^"

형석 형은 언제나 승기에게 우호적이었다!

"자! 이제 토의도 막바지가 되어가네요~ 아쉽지만, 두 명만 남았어요. 럼블피쉬와 동훈……."

"나의 모든 사랑이 떠나가는 날이 당신의 그 웃음 뒤에서 함께하는데, 철이 없는 욕심에 그 많은 미련에 당신이 있는 건 아닌지 아니겠지요. 시간은 멀어 집으로 향해 가는데, 약속했던 그대만은 올 줄을 모르고, 애써 웃음 지으며 돌아오는 길은 왜 그리도 낯설고 멀기만 한지. 저 여린 가지 사이로 혼자인 날 느낄 때 이렇게 아픈 그대 기억이 날까. 내 사랑 그대 내 곁에 있어줘! 이 세상 하나뿐인 오직 그대만이 힘겨운 날에 너 마저 떠나면 비틀거릴 내가 안길 곳은 어디에……"(럼블피쉬의 〈내 사랑 내 곁에〉)

형석 형이 오랫동안 감고 있던 눈 사이로 눈물 한 방울이 떨어졌다! 사실 그 눈물의 진정한 의미와 농도의 진하기를 나는 잘 모른다. 그 눈물의 농도는 눈물을 흘리고 있는 당사자만이 알 수 있었고, 어느 누구도 그의 깊은 내면의 울림을 들을 수 없었다. 그리고 형석 형은 조용히 닫힌 눈과 입을 열었다.

"우리 아이리스 멤버는 모두 대단한 사람들만 모인 것 같다니까. 이제 마지막으로 동훈이 남았는데, 동훈은 우리 아이리스 서클에 처음 왔어요~ 모두 잘 들어주길 바라요~"

형석 형은 나를 일으켜 세웠다. 나는 누구에게 떠밀리듯 자리에서 일어났고, 그 순간! 정말 아무것도 보이지 않았다! 승철 형과 거미 그리고 럼블피쉬와 막내 승기까지 나를 뚫어지게 보았다!

나는 숨이 막혔고 아무 말도 할 수 없었다. 단지 오랫동안 기다리고

성장통

있는 그들에게 내 진심을 알려주고, 이 무겁고 딱딱한 자리에서 얼른 내려오고만 싶었다.

"안녕하세요. 처음 뵙겠습니다. 사실 제게도 사랑하는 사람이 있었습니다. 우리는 서로 사랑했습니다. 그리고 우리는 이별하였습니다. 그 이별이 좋은 이별인지, 좋지 않은 이별인지 아직은 잘 모르겠지만, 밥 먹을 때 숟가락을 보면 자꾸만 내가 거꾸로 보였고, 샤워 중에 유리창에 김이 서려 샤워기로 김을 훔쳐내어 물방울을 자세히 들여다보아도 거꾸로 된 나의 모습만 비추었습니다. 그 사람과의 이별 후 제 삶은 거꾸로 되어버렸습니다. 그 거꾸로 된 삶 속에서 그 사람의 빠져나간 부분이 기억되었습니다. 그리고 그 사람과 결국 헤어졌지만, 전 그녀를 미워하지 않습니다. 왜냐하면 제가 먼저 그 사람을 사랑했기 때문입니다. 그리고 그 사람은 제가 세상에서 가장 많이 사랑한 사람입니다."

성장통

늘 혼자 사랑하고, 혼자 이별하고 늘 혼자 추억하고, 혼자 무너지고…… . 사랑이란 놈…… . 그놈 앞에서 언제나 난 늘 빈털터리일 뿐! 늘 혼자 외면하고, 혼자 후회하고, 늘 휘청거리면서 아닌 척을 하고, 사랑이란 놈…… . 그놈 앞에서 언제나 난 늘 웃음거리일 뿐! 널 사랑해~ 불러도 대답 없는 멜로디~ 가슴이 멍들고, 맘에 눈은 멀어도 다시 또 발길은 제자리에 제 멋대로 왔다가 자기 마음대로 떠나가는 너라는 사랑을 사랑해~

- 바비킴의 〈사랑 그놈〉 중에서

One Step By Step

기원전 70만 년, 공주 석장리의 유적이 형성되기 시작하였습니다. 도구를 사용하고, 불을 발견하며, 의사소통 방법의 발전으로 인간 생존조건의 혁신을 통해 인간은 자연의 지배자로 우뚝 서게 되었습니다. 그동안 인간은 자신보다 몸집이 크고 사나운 동물들에게 잡아먹혀 목숨을 잃는 경우가 많았습니다. 하지만 인류 최대인 '불(fire)'을 발견함으로써 무엇이든 먹을 수 있으나 아무에게도 먹히지 않는 존재가 되었습니다. 드디어 인간은 자유를 찾았고, 더 큰 자유를 찾기 위해 의식주 전반의 생활문화 혁신을 꿈꾸고 그것을 실현시켰습니다.

최초의 인간에게 옷이란 동물의 가죽이나 털을 오리거나 붙여서 만든 것으로 중요한 부분을 가리는 용도에 지나지 않았습니다. 하지만 2010년, 약 70만 년이 흐른 후 인간에게 옷이란 다른 사람들에게 자신을 알리는 '무언의 메시지'와도 같은 것이었습니다.

네이버 포토 블로그에 게시된 **Egg계란(sampgon2)** 님의 사진입니다.

조동훈 자전에세이

몇 해 전까지만 해도 여성들에게만 국한되었던 '패셔니스타'라는 단어는 이제 남녀노소를 불구하고 모든 사람에게 통용되는 일반적인 단어가 되었습니다. 그리고 몸에 옷을 맞추던 시대의 막이 내리고, 옷에 몸을 맞추는 시대가 도래했습니다. 문화와 문명의 변화는 지구 공, 자전의 움직임처럼 아무도 모르게 천천히 다가왔습니다. '왜 이렇게 문화는 변했으며, 무엇 때문에 사람들은 변화된 문화적 흐름을 쫓아가려고 하는 것일까?' 생각해보았습니다.

다시 역사의 진실로 거슬러 올라가 보겠습니다. 기원전 6천 년까지 지속된 구석기시대의 우리 선조들은 동굴 속에서 지내왔습니다. 눈과 비를 피하고, 육식동물의 기습에 안전하게 자신을 보호받기 위해서는 좁은 동굴이 제격이었습니다. 그렇지만 씨족사회가 형성되고, 채집과 이동의 생활양식으로 변경된 신석기시대가 도래하면서 더 이상 인간들은 동굴 속에서만 지낼 수 없게 되었습니다. 그래서 사람들은 땅을 파서 만든 최초의 집인 '움집'을 만들었습니다.

움집은 5인 가족생활을 하기에 넉넉한 크기로 방 한가운데에는 화덕을 놓아 난방을 하였습니다. 아직 지상에 집을 짓는 기술은 없어 땅을 굴토하여 집을 만드는 것이 전부였지만, 동굴에서 지낸 구석기시대에 비하면 대단한 주거혁명이었습니다. 이런 선조들의 주거혁명이 제게 자유와 행복에 대한 정의를 내려주었습니다.

우리는 살아가면서 많은 물질적 욕구를 충족시키며 살아갑니다. 그

성장통

리고 그것은 조금만 노력하면 가질 수 있는 것들입니다. 하지만 꾸준히 노력해야만 얻을 수 있는 것들이기도 하지요.

작은 월세보다는 조금 더 큰 전세에 살고 싶어 하고, 그 이상 집을 매매하여 더 큰 공간으로 이동하여 자신만의 주거공간을 가지고 싶어 합니다. 쓰는 데 부족하지 않은 돈을 가지고 있어도 로또를 사는 심리는 이와 같은 이치입니다.

차도 마찬가지입니다. 작은 경차보다는 조금 더 큰 소형차 그리고 더 크고 편한 SUV, 시간이 지날수록 중형 세단이나 외제차를 선호하게 됩니다. 이것은 과연 사람들의 무슨 심리에서 발생된 것일까요?

왜 인간은 계속해서 더 큰 자신만의 공간을 만드는 것일까요? 그곳에서 행복을 알 수 있습니다. 인간은 자신만의 확장된 영역과 공간을 넓히기 위해 살아가고, 어쩌면 행복의 외적조건들도 그곳에서 만들어집니다.

제가 서두에서 언급한 스키니 청바지에 몸을 맞추어 입는 것은 맵시 있는 몸매를 과시하거나 선도된 문화를 따라가며 다른 사람들로부터 이목이 집중되어 결국 자신의 외적 가치를 향상시키는 데 있다고 봅니다. 꽉 끼는 청바지 하나에서도 말이죠.

하지만 저 또한 제가 속한 자유(편협한 공간)에서 진정으로 제가 원하는 자유(확장된 공간)를 위해 살아갑니다. 저도 막연해 보이지만, 제 마음 속엔 뚜렷하게 보이는 저만이 원하는 자유(확장된 공간)를 찾기 위해 현재의 자유를 구속하기도 하고 참기도 합니다. 때론 제 마음대로 이루어지지 않는 현실을 원망하거나 탓하면서 살아가기도 하는 우를 범합니다. 그리고 더 큰 자유를 찾기 위해 더 바쁜 하루를 살아갑니다.

핸드폰에는 별표라는 키패드가 있죠? 이 별표의 키패드에는 진동모드를 설정/해제하는 기능이 있습니다. 저는 별표를 눌러 진동모드를 설정해놓고 하루를 생활합니다. 하지만 24시간도 모자라는 바쁜 생활 가운데 가슴속에 넣어둔 핸드폰의 문자가 5개 이상이 와도 진동을 느끼지 못해 하루를 살아가는 경우가 종종 있었고, 진동모드를 해제하여 벨소리로 변경해 놓아도 전화가 오면 누구인지 확인하지 못하고 핸드폰 벨소리를 듣고 흘러보냅니다. 그리고 그 수신의 주인공이 누구인지도 1시간이 넘어서야 확인합니다.

진정한 자유를 찾기 위해 여러분이 하루 동안 느끼는 자유시간은 조금밖에 없습니다. 여러분은 무엇 때문에 현재의 자유를 구속하면서 미래의 자유를 꿈꾸는 것입니까? 오늘은 여러분이 진정으로 원하는 자유(확장된 공간)에 대해 물어보고 싶습니다.

햇볕이 내리쬐는 저 멀리 높은 곳은 야망과 자유가 있다. 거기에 도달할 수 없을지도 모르지만, 고개를 들어 그 아름다움을 보며 거기에 도달할 수 있으리란 믿음으로 열심히 노력할 수는 있다.

- 루이자 메이 울컷

저는 믿고 있습니다. 어느 누구에게나 모래시계가 있고, 그 모래시계 속에는 하루 동안 자신이 해야 할 일과 자기계발에 대한 모래알갱이가 담겨 있다고……. 하지만 그 모래알갱이를 한꺼번에 쏟아내어 버릴 수는 없습니다. 그렇게 한꺼번에 쏟아내기 위해서 모래시계를 흔들면 모래알갱이가 더 엉키게 되어 느리게 떨어지거나 고장 나버리고 맙니다. 내가 쏟아내고 이루어야 할 모래알갱이들은 매순간 떨어집니다. 그 모래알갱이를 빨리 떨어뜨리기 위해서는 선택(choice)과 집중(concentration)이 필요합니다. 대부분의 사람들은 아침에 일어나면 그날 해야 할일이 산더미처럼 쌓였다고 생각하게 됩니다. 그러나 그것을 한 가지씩 해내지 않으면 마치 한꺼번에 통과하려다 막혀버리는 모래시계와 같이 우리의 육체나 정신은 균형을 잃습니다.
그리고 진정 우리에게 중요한 임무는 먼 곳의 희미한 것을 보는 게 아니라, 가까이 똑똑하게 보이는 것을 실행하는 일입니다. 한 번에 한 알의 모래……. 한 번에 한가지 일…….

매력 있는 남자가 되는 방법

이 시대 마지막 원시의 땅. 아마존!!! 그 슬픈 열대 속으로 들어가 보았습니다. 다큐멘터리 〈아마존의 눈물〉은 우리나라의 유명한 PD와 카메라 기자, 소수의 인원들로만 편성되어 사라져가는 지상낙원인 아마존을 취재하는 것이었습니다.

아마 이 제작진도 저와 같이 자신의 존재를 변화시키고, 파괴시키고, 성장시키고 싶어서 그런 소재를 찾던 중에 아마존의 현 주소를 알게 되었고, 시청자들에게 이것을 알려 쓰러져가는 자연생태를 보여주고, 각성시켜준 작품이 아닐까 생각했습니다. 마치 이 다큐멘터리는 그동안 저의 삶의 단면을 보여주는 단편영화 같았습니다.

일전에 제작진은 〈북극의 눈물〉이라는 지구환경에 관한 명품 다큐멘터리를 제작하였기 때문에 대중의 기대 반, 걱정 반으로 촬영현장에 임했습니다. 주변 사람들의 기대로 제작진은 얼음왕국인 북극은 아니

네이버 포토 블로그에 게시된 **모카(roroca)** 님의 사진입니다.

조동훈 자전에세이

지만, 어느 정도 오지에 대한 노하우를 갖고 있었고, 그러기에 내재된 자신감과 대중의 기대가 높았습니다. 하지만 만약 전작과 비교하여 시청자들에게 감동을 주지 못하고, 그들의 기대에 부응하지 못할지도 모른다는 노파심으로 아마존이라는 어두컴컴한 늪지대와 오버랩 되어 불안감이 엄습했습니다.

그러한 기대와 걱정을 안고, 아마존에서의 250일간의 촬영이 시작되었습니다. 총 5부작으로 구성된 이 다큐멘터리는 그동안 내가 알지 못했던 세계에 대한 동경과 그 안에서 살아 숨 쉬는 부족과 각종 희귀 동물들 간의 마찰을 이겨나가고 생존하면서 공존하는 삶의 대해 신기함을 벗어나 경이로움마저 들게 하였습니다.

천상의 낙원이라는 아마존! 그 위대한 생존의 전쟁터에서 살아가는 생명들의 원초적인 이야기들, 보이지 않는 괴물인 곤충과 벌레들과의 사투 속에서 아마존의 원시 모습을 그대로 담아내기 위한 목숨을 건 촬영과정과 그 눈물겨운 제작기. 그리고 개발이라는 이름하에 지금도 해마다 경기도만한 넓이의 열대우림이 사라지는 곳, 그 속에서 무너져 가는 자연 생태계를 통해 눈물을 흘리고 있는 아마존의 모습을 담았습니다.

어쩌면 사랑도 아마존도 무엇인가 오랫동안 간직해 온 그것들을 자꾸만 없애고, 왜곡되어가는 것만 같았습니다. 또 눈물로 그렇게 씻겨버리듯 시간을 통해 자꾸 지나가게 됩니다.

성장통

이렇게 제 나름대로 아마존의 눈물을 재해석했습니다. 아마도 그것은 외부의 침략과 위협으로부터 자기만의 독립된 공간을 침해받고, 영역이 좁혀지면서 삶의 터전인 땅과 영토가 줄어드는 것에 대해 그렇게 제목을 붙였으리라 생각되었습니다. 그리고 아마존의 눈물을 보며 한 가지 신기한 점이 있었습니다.

텔레비전에 나오는 부족인 '조에족(아마존의 눈물에 등장하는 부족의 이름)'들은 욕심이라는 게 없었습니다. 조에족은 하루 동안 자신이 먹어야 하는 음식만 먹게 되면 더 이상 동물을 사냥하거나 채집하지 않았습니다. 시계가 없었기 때문에 시간도 없었습니다. 그저 해가 중천에 떠 있는 것을 보고 시간을 대충 어림잡았습니다.

그렇게 그네들(조에족)의 삶에서는 욕심이 없고, 삶의 가치를 자신이 느끼는 대로 해석하였습니다. 또한 조에족의 미남! 보닌은 자신이 사랑하는 아내에게 뽀뚜루(조에족 특유의 풍습: 턱의 구멍을 뚫어 그곳에 기다란 막대기를 꽂는 것으로, 어린아이 때부터 이것을 끼우기 시작하며 조에족의 전통)를 선물했습니다.

보닌은 아마존 최고의 사냥꾼이었으므로 그곳에서 많은 가족을 누리며 살았습니다. 왜냐하면 아마존의 생존법칙을 너무나 잘 아는 조에족 사람들은 보닌을 최고의 매력 있는 남자로 생각했기 때문입니다. 어쩌면 아마존 안에서도 생존과 행복을 위해서 사랑의 감정들보다 더 중요한 가치가 있는 것 같았습니다.

이렇듯 어느 누구나 자신의 삶 속에서 환경과 나이 그리고 지위에 따른 편차가 있기 마련입니다. 그러면 당신의 인생에서 가장 중요하게 느끼는 가치들은 무엇입니까? 그리고, 그 안에서 어떻게 인생을 살고 싶나요?

오늘은 조에족인 보닌이 왜 아마존 여성들에게 인기가 많고, 매력적인 이유에 대해 살펴보려 합니다. 그리고 그런 여성들의 심리가 현대 사회에서 어떻게 공유되는지……. 또한 그들이 추구하는 진정한 현실들이 무엇인지에 대해 언급해볼까 합니다.

여러분~ 저 앞쪽에(186쪽) 있는 사진을 한번 잘~ 보세요! 한 여성이 빨간 소파 위에서 등을 돌리고, 누워 있죠? 이 그림에서 여러분은 어떤 생각이 드나요? 저는 한 여인이 사랑하는 마음(붉은 소파)들이 내면에 있는 가치와 믿음(검정 옷)으로 표현되어 사랑하는 마음은 있지만, 믿음과 가치가 단절된 상태에서는 그 사랑도 철저하게 왜곡되고 단절되어 돌아누워 버릴 수 있다고 경고하는 무언(無言)의 메시지인 것 같습니다. 사랑의 열정보다는 작고 소소한 믿음들로 인해 현실적인 사랑에 대해 이야기하려는 모습들…….

그렇다고 검정 옷을 입고 있는 여자의 누워 있는 모습이 전적으로 여성의 모든 마음을 뜻하는 건 아닙니다. 그저 색의 대비와 제가 표현하고자 하는 현실과 사랑의 차이점에 대해 극명하게 나타낸 현실에 대해 생각해보자는 것입니다.

성장통

저도 한 사람을 사랑했습니다. 그녀의 모습은 낮에 뜨는 태양보다, 밤에 뜨는 달보다 더 찬란하고 빛이 났습니다. 전 그녀를 위한 삶을 살았고, 제가 숨 쉬고 있다는 이 현실이 너무 행복했습니다. 사계절이 뚜렷한 이 땅에서 수많은 이벤트를 그녀에게 해줄 수 있다는 사실이 좋았습니다. 봄이 되면 한강변에서 토끼풀로 반지를 만들어 서로의 손가락에 끼워주며 도로묵(?) 같은 한강이 내려다보이는 벤치에 앉아 마시는 그녀와의 맥주 한 모금은 그 무엇보다 괜찮은 음료수였습니다. 한여름에 우산 없이, 내리는 따뜻한 빗줄기에 눈물을 섞어 같이 내려보낼 때는 우리만의 애절한 러브스토리 영화였습니다. 가을이 되면 나뭇잎에 그녀의 대한 사랑 이야기를 써 내려갔습니다. 그리고 겨울이 되면 눈 위에다 사랑의 낙서를 했습니다. 칠판에는 하얀색 분필로 쓰면 지우개라는 것을 이용해 힘을 들여야 지울 수 있지만, 하염없이 내리는 눈 위의 낙서는 소복이 쌓이는 눈 때문에 힘들이지 않고 지울 수 있었습니다.

태어나서 편지란 것을 어머니 생신 때와 초등학교 때 국군장병 아저씨께 써본 게 전부였는데, 그녀를 많이 좋아한 나머지 1,000통의 편지를 써서 그녀에게 선물해주었습니다. 하지만 그러한 사랑도 계절이 변하면서 서서히 변해갔습니다. 토끼풀은 어린아이들의 철없는 뛰어다님으로 곧 밟히고 시들어버렸고, 한여름의 비는 뜨겁게 작렬하는 태양에 말라버렸고, 나뭇잎들은 모두 고개를 떨어뜨렸으며, 겨울의 눈도

조동훈 자전에세이

봄이라는 녀석의 방문으로 너무 빨리 녹아버렸습니다.

하지만 그녀를 사랑했던 제 마음은 쉽게 녹아버리거나 말라가지 않았습니다. 오히려 몇천 년 동안 영롱하게 빛나는 보석이나 베일에 둘러싸인 미라처럼 오랫동안 제 마음속에 자리 잡고 있었습니다. 그렇게 그녀는 제 곁을 떠났습니다. 이처럼 사랑과 좋아하는 감정은 조금씩 다릅니다. 사랑의 감정들은 다음과 같습니다.

그와 곁에 있지 않으면 비참하다(애착) / 그를 위해서라면 무슨 일이라도 한다(보살핌) / 그에게 모든 것을 털어놓을 수 있다(친밀함)의 감정인 데 반해 좋아하는 감정들은 다음과 같습니다. 그는 이해심이 깊다(호의적 평가) / 그의 판단을 신뢰한다(존경과 신뢰) / 그와 나는 닮았다고 생각한다(유사성)입니다.

돌이켜보면 저는 앞서 나온 조에족의 보닌처럼 그녀에게 믿음을 주지 못했습니다. 그리고 그건 저만의 변함없는 짝사랑이었습니다. 하지만 때론 그녀도 날 사랑했다고 믿고 싶습니다.

이처럼 사랑이 완성된다는 것은 상대방의 삶을 전적으로 이해하고, 그의 장점뿐만 아니라 단점까지도 사랑해줄 수 있는 넓은 마음을 가지고 있어야 합니다. 그리고 사랑하게 된 사람이 자신을 믿게 만들어야 합니다. 때론 내가 가야 하는 먼 길을 출발하기 전에 이런 생각을 합니다. '내가 걸어갈 때 거짓되지 않고, 당당하게 걷고, 올바로 가는 길들이 비록 돌아가더라도 결국 그 길이 가장 빠른 길이다.'라고요. 이

처럼 진실보다는 믿음이 내가 사랑하는 여자의 마음을 잡는 것이고,
매력 있는 남자가 되는 것입니다. 또한 보닌이나 21세기를 살고 있는
화성에서 온 남자들은 금성에 살고 있는 여자의 마음을 사로잡는 것
이 결국은 믿음 하나인 것 같습니다.

성장통

세상을 존속시키는 것은 진실이 아니라 믿음이다.

- 에드나 세인트 빈센트 밀레이

세상에 통용되는 사실적인 모든 것들은 믿음이 동반된 가운데 규칙과 규범이 재측정
되고 재규정됩니다. 믿음과 신뢰의 힘은 위대하고, 세상의 위선과 거짓들을 사실로 바
꿀 수 있는 무서운 힘입니다. 이처럼 사람들에게 믿음과 신뢰를 주는 사람이 되어야겠
습니다. 그리고 그 믿음의 능력들을 기르기 위해 저의 성장통은 계속되고 있습니다.

피에로의 눈물

NO. 1 빛나는 보석과 같이 반짝이며 살아라!

사람들이 어느 한 지역에서 일정한 규칙을 지키며 살아가는 것을 우리는 '단체생활'이라고 부릅니다. 그리고 그 조직을 이루는 집단의 개인을 흔히 구성원이라 말하죠. 어느 조직이든 최소한 지켜야 하는 규칙이 있고, 마지노선을 넘었을 때에는 그에 응당한 벌칙이 뒤따르게 됩니다. 또한 구성원들 사이에서는 자신의 역할모델이 있으며, 그 역할을 이루는 사람들의 위치는 대체적으로 수직적이기도 합니다.

하늘의 비창이 열린 7월의 어느 날! 빗소리는 가늘게 땅바닥에 떨어지며, 틱틱! 톡톡! 실로폰 소리를 냅니다. 나의 귀는 벌써 창문 밖 빗방울 형제들의 춤추는 소리로 가득 찼고, 나의 시선은 이미 운동장 한가운데서 작은 웅덩이를 조심스럽게 파내려가는 빗방울 형제들의 스텝에 옮겨졌습니다.

나는 비를 좋아합니다. 어쩌면 비 자체보다도 중력의 법칙을 받아 땅바닥에 떨어지는 비의 모습을 사랑하는지도 모릅니다. 예전부터 나는 내리는 비를 좋아했습니다. 보슬비가 아스팔트와 섞여 피어올라오는 비 내음도 좋아했습니다.

2010년 남아공월드컵 당시 반포(한강지구)에서 대한민국이 나이지리아의 경기를 무승부로 끝내고, 첫 원정 16강 진출을 했을 당시에도 소나기를 온몸으로 맞으며 아이처럼 뛰어놀던 제 모습이 스스로 보기에도 귀여웠습니다.

들뜬 마음으로 겨드랑이에 푹~ 박힌 날개를 꺼내 중대원들이 있는 2층 생활관으로 향했습니다. 이 자연의 신비롭고 아름다운 광경을 부하들과 함께 나누고 싶은 작은 기쁨에서였습니다. 조심스럽게 슬금슬금…… 그리고 천천히 다가갔습니다.

왜냐하면 그들도 나처럼 빗방울 형제의 콘서트를 즐기고 있을지도 모른다는 생각에서였습니다. 발소리도 죽인 채 생활관 문을 빼꼼히 열었습니다. 10명 남짓한 인원은 저마다 무언가를 하고 있었습니다. 그중 다이어리를 열심히 쓰고 있는 L에게 다가갔습니다. 아마 그도 나와 같은 감정으로 다이어리에 빗방울 형제들의 선율에 대한 메모 중이라는 확신이 들었습니다. 아무리 부하라도 다이어리를 보는 것은 프라이버시 침해지만, 영감을 같이 나누고 싶어 보았습니다.

……하지만 나의 기대 속 다이어리의 풍경은 빗방울 형제가 아닌

성장통

딱딱하고 네모난 핸드폰이었습니다. 마치 다이어리는 폭탄이라도 맞은 듯 휑하게 덩그러니 파여 있었고, 그 안에는 터치폰 하나가 다이어리 사이즈에 맞게 가부좌를 틀고 앉아 있었습니다.

만약 사회라면 핸드폰 소지에 대해 문제가 크게 야기되진 않지만, 군대사회 내에서는 병사가 핸드폰을 소지하고 있다는 것 자체가 심각한 문제였습니다.

겁먹은 L의 표정을 뒤로하고 사건의 정황을 살펴보니, 이번 휴가 때 복귀하면서 여자친구와 통화하기 위해 무단으로 핸드폰을 반입했다는 것입니다. 순간 예전에 저도 같은 경험을 한 것이 주마등처럼 스쳐지나갔지만, 직책이 사람을 바꾸어놓듯 현재는 훈육관의 입장이었습니다.

"당장! 완전군장으로 연병장(운동장) 집합해! 시간은 5분 주겠다!"

불호령이 떨어졌습니다. 그리고 그 불을 끄기라도 하듯 빗줄기는 세차게 쏟아져 내렸습니다. 5분이 다 되었을 즈음! L은 완전군장을 하고 비가 내리는 운동장 한가운데에 서 있었습니다. 뽀송뽀송한 옷은 1분이 지나자 비에 젖어 몸에 붙어버렸고, 옷 색깔도 처음보다 더 진하게 바랬습니다.

"할 말 있으면 해라!"

저는 목청껏 무거운 중저음을 토해냈습니다.

L은 아무 말이 없었습니다. 이어 제가 말을 이었습니다.

조동훈 자전에세이

"자기 자신을 속이면서까지 매순간 당당하지 못하고 비겁하게 살아가는 것을 뉘우치고, 반성하고, 각성해라! 이 거친 세상에서 누구를 믿고 살아 가냐? 네 자신을 믿고 살아가야 하지 않겠냐?"

NO. 2 빛나는 보석과 같이 반짝이며 살자!

빗줄기는 점점 거세어 오고, 자동차 앞 유리의 와이퍼가 반사적으로 고개를 갸우뚱! 거린다. 30분 전! 경영대학원 신입생 오리엔테이션! 새 학기가 시작되고, 좀 늦은 감이 있었지만 선배님들의 얼굴을 몰랐기에 오리엔테이션만큼은 꼭 참석하고 싶었다! 대학원생이라 그런지 환영회 장소도 고급 일식집으로 잡았다. 문에 들어서자마자 처음 본 사람들의 명함을 받고, 원형 테이블에 내 이름이 쓰인 자리에 앉았다. 드디어 환영회가 시작되었고, 나의 양옆엔 신입생들이 잇따라 자리를 차지하기 시작했다. 가벼운 목례를 건넨 후, 볼을 실룩실룩 움직여 웃음이 어색하지 않게 안면 근육을 이완시켜 놓았다. 이어서 오리엔테이션 사회자의 말이 이어졌다!

"자! 2010 전북대 경영학과 신입생 여러분 진심으로 환영합니다! 저는 이번에 오리엔테이션 사회를 맡은 OOO입니다."

갑자기 나 자신 스스로 감개무량해졌다! 이곳까지 오는 게 참으로 힘들었다. 나 자신에게 축하인사를 건네고, 주변 신입생에게도 축하인사를 건넸다. 이제는 처음 만난 사람들과도 아무렇지 않고, 자연스럽게 말을 이어갈 수 있는 노하우(know-how)가 생겼다.

대화의 열매가 익어갈 무렵! 자기소개가 이어졌다! 방송국 PD와 농협 지점장! ○○그룹 사장 등 내게는 높아 보이는 사람들과 같이 자리를 했고, 이어서 나의 소개가 이어졌다!

"안녕하십니까? 저는 현재 공기 좋고, 물 맑고, 인심 좋은 남원에서 중대장 임무를 수행하고 있는 ○○○입니다. 만나서 반갑습니다. 학교를 지원한 이유는 경영학과 교수가 되고 싶어서 지원했고, 다행히 합격하였습니다."

짧게 인사를 마친 후 각계 인사들의 질문공세가 이어졌다.

"그럼 학교는 어디 나오셨어요?"

누군가가 내게 말했다! 잠시 머뭇거리다가 입을 열었다!

"사관학교 나왔습니다!"

"우와! 그럼 육군사관학교 나오셨나 보네요~ 공부 잘하셨나보다! 그럼 나중에 장군님 되시는 거예요? 하하"

원형 테이블의 이목이 모두 내게 집중되었다. 나에게 보내는 사람들의 시선과 표정은 태양처럼 밝았지만, 나는 그들에게 보름달처럼 환한 달빛으로 답문하지 못했다. 오히려 70년 만에 오는 일식처럼 어둡게, 더 어둡게 자리 잡았다!

산해진미 음식은 모두 돌멩이 같았다. 겨우 식사를 마치고, 집으로 돌아오는 길에 계속 눈물이 났다. 엊그제 핸드폰을 반입한 부하에게

조동훈 자전에세이

당당하고 진실하게 살아가라며 호통 쳤던 나는 그 순간 나 자신을 속이고 말았다.

자꾸만 몸이 부들부들 떨렸고, 일이 손에 잡히지 않았다! 오히려 꽉 잡을수록 새어나가는 모래와도 같았다! 열심히 날갯짓을 하는 새인데, 둥지를 잃어 앉을 곳이 없어서 팔(날개)만 아파 왔다.

1주일 동안 무척이나 힘이 들었다! 사람들의 시선이 부담스러웠고, 쥐구멍이 있다면 숨어버리고 싶었다! 그로부터 1주일 후 마케팅이론 수업 때 교수님께서 말씀하셨다!

"자~ 이번 시간은 자기소개를 해보는 시간을 갖도록 하죠! 여러분~ 서로 아직 잘 모르죠~?"

맑은 하늘에 번개가 내려쳤다! 이때가 기회다 싶었고, 그동안 묵은 체증을 씻을 절호의 찬스였다!

10분쯤 흘렀을 때! 내 차례가 왔다. 나는 손에 나는 땀을 바짓단에 한 번 스윽~ 닦은 채 일어나 앞에 놓인 단상으로 걸어갔다.

"여러분! 안녕하십니까! 조동훈입니다. 고양이를 잡으려면 목덜미를, 토끼를 잡으려면 귀를, 사람을 잡으려면 마음이라는 말이 있는데, 저는 여러분에게 저에 대한 소개를 다시 하려 합니다. 그리고 여러분의 마음도 다시 잡으려 합니다!"

50명쯤 되는 사람들이 의아해하는 표정으로 나를 바라보았다! 그리고 나는 말을 이어갔다!

성장통

"저는 자기소개 하나만큼은 늘 자신 있었습니다. 오늘도 여러분에게 이목이 집중되는 자기소개를 이어가겠습니다. 저는 축구를 잘하며, 『어른아이의 멋진 신세계』라는 책을 집필하였습니다. 제 자랑입니다. 그리고 사관학교도 나왔습니다. 이것까지가 여러분이 저에 대해 알고 있는 모습입니다. 하지만 이제 여러분에게 고백합니다. 저는 육군사관학교가 아닌 육군 3사관학교를 나왔습니다! 이 이야기를 하러 나왔습니다."

모든 사람들의 표정이 의아해졌지만, 나 자신까지 그들처럼 의아해질 수 없어 계속 말을 이어나갔다.

"제가 육사를 나왔건 3사를 나왔건 그것은 제게 중요하지 않습니다. 하지만 저는 여러분들이 알고 있는 진실에 대해 그 사실이 진실이 아님을 알고 있었고, 그 사실에 대해 말씀드리고 싶었습니다. 제가 업무에 치이고 사람에 치이면서 대학원에 입학한 이유는 단 하나입니다. 경영학과 교수가 되고 싶어서 지원하였고 합격하였습니다! 저는 나중에 학생들을 가르칠 때나 현재 부하들에게도 올바른 진실과 정의에 대해 가르치고 싶습니다. '늘 자신을 속이지 말라!' 제가 항상 아이들에게 하는 말입니다. 예전 3사관학교 시절 훈육관 님은 제게 이런 말을 하였습니다. 네 자신을 속이지 말고 늘 사관생도답게 당당해져라! 전 그 말을 아직도 가슴속에 담고 있고, 여러분에게 그때 본의 아니게 말씀드리지 못한 점을 말씀드리고 싶었습니다! 제 인생은 앞으로도 당

조동훈 자전에세이

당할 것이며, 진실을 말하겠습니다. 괜히 저 때문에 맘이 상했던 분들께는 죄송하다는 말씀을 드리겠습니다. 하지만 전 제 자신에게 불편한 거짓말을 하고 싶지 않았습니다! 이상입니다."

자기소개가 끝나자 생각지도 못한 우레와 같은 박수가 쏟아져 나왔다! 그리고 그 순간! 마음이 한없이 편안해졌다! 그리고 그때부터 거리낌 없이 사람들과 함께 학교생활을 할 수 있었다.

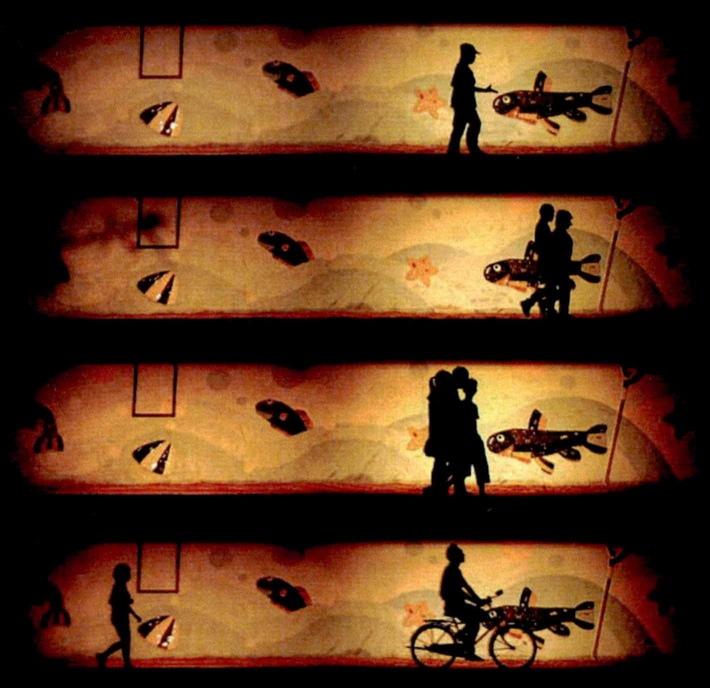

네이버 포토 블로그에 게시된 **밍구탱이(chomin9)** 님의 사진입니다.

페달을 밟으며, 옆 사람들과 수다를 떨지요. "누구는 어떻더라", "누구는 이렇더라" 하며 말이죠. 그들의 길 가운데 최초의 아름다움과 도전 정신은 안중에도 없습니다.

진정한 목표를 가지고 있는 사람은 결국 그들을 뒤로하고 고독이라는 녀석과 마주하게 됩니다. 낯선 길목이 나타나기도 하고, 때론 잘 가던 자전거가 문제를 일으키기도 합니다. 넘어지고 무릎팍이 까져도 가까이서 도와줄 사람 하나 없어 몇 차례 고생하고 나면, '이 모든 노력들이 대체 무슨 소용이 있는가?' 자문해보기도 합니다.

물론 거기에는 그럴만한 가치가 있습니다. 그러니 포기해서는 안 됩니다. 신학자인 앨런 존스는 "이 장애를 극복하기 위해서는 네 가지 보이지 않는 힘(사랑과 죽음, 힘과 시간)이 있다고 말했습니다. 먼저 우리는 서로 사랑해야 합니다. 그 이유는 우리 역시 신에게서 사랑받는 존재이기 때문입니다. 그리고 성장하기 위해 우리는 늘 노력해야 합니다. 그러나 한 가지 주의할 것은 투쟁의 과정들을 통해 얻은 권력과 재물의 힘에 속지 말아야 합니다. 힘이라는 것은 바다의 모래성이므로 파도가 한번 휩쓸고 지나가면 순식간에 와르르 무너집니다. 그렇기 때문에 힘으로 모든 것을 이루려는 것이 얼마나 우매한 행동인지 알고 있어야 합니다.

마지막으로 우리의 영혼이 비록 영원불멸하다 할지라도, 이 순간은 시간이라는 그물에 갇혀 있다는 것을 겸허히 받아들여야 합니다. 그러나 그 시간이라는 그물에는 한계와 더불어 가능성을 가진 양면의

준비~~ 땅!!

어느 누구나 각자 살아가는 삶이란, 자신만의 신화를 만들기 위해 페달을 밟고 달리는 자전거 경주와도 같습니다. 옛 선지자들은 "이 땅에 태어난 인간의 진정한 삶은 바로 자신의 주어진 일에 최선을 다하는 것이다."라고 말했습니다.

하얀색 금이 그어져 있는 출발선상에서 우리는 나란히 서서 우정과 열정을 공유합니다. 그러나 경기가 진행됨에 따라 최초의 행복은 그 빛깔을 잃어가고 피곤과 권태, 절망과 시기, 바쁨 속에서의 두려움, 자신의 능력에 대한 의심 등으로 정말 어려운 일들이 펼쳐집니다. 얼마 지나지 않아 몇몇 친구들은 자신이 이루어야 할 목표를 포기하기 시작합니다. 그 친구들은 단지 길 한가운데서 멈출 수 없기 때문에 마지못해 페달을 밟고 있습니다.

그들 중 상당수는 '틀에 박힌 일상'이라는 이름의 지원차량 곁에서 동전입니다.

그러므로 고독한 자전거 경주가 계속되는 동안, 여유를 가지고 매순간의 '매'를 소중히 여기고, 필요한 순간에는 휴식을 취하여 언제나 신의 빛이 비추는 방향을 향해 나아가고 두려운 순간이 닥치더라도 절대 포기하지 말아야 합니다.

그리고 이 네 가지 힘은 누군가가 통제할 수 있는 성질의 것이 아니라는 것을 알아야 합니다. 우리는 그저 있는 그대로 받아들이고, 그것들로 하여금 우리가 배워야 할 것들을 가르치도록 해야 합니다. 우리는 우리를 모두 품을 만큼 넓고, 우리 마음속에 담을 수 있는 만큼 작은 우주 안에 거하고 있습니다. 사람의 영혼 속에는 세계의 혼과 지혜의 침묵이 깃들어 있습니다."

목표를 향해 페달을 밟으며, 늘 자신에게 자문해봐야 합니다. '오늘 내가 기억해야 할 것은 무엇일까?', '내가 오늘 해야 할 일은 무엇일까?' 이 질문은 해가 보이는 날에도 비가 내리는 날에도 기억해야만 하죠. 왜냐하면 언젠가 먹구름은 사라지리라는 걸, 구름이 걷히면 언제나 해는 그 자리에 나타난다는 걸. 그리고 이것은 결코 사라지지 않는다는 걸 알고 있어야 외로울 때 그 외로움과 공허함을 이겨나갈 수 있습니다. 힘겨울 때면 잊지 마세요. 인종, 피부색, 사회적 지위, 종교, 문화는 모두 각각 달라도 모두 똑같은 상황에 부딪힌다는 것을…… 그리고 여러분은 이 상황을 타개할 힘이 충분히 있다는 것을.

신이시여~ 동물들의 소리에, 나무들이 풀잎을 반짝거리며 바스락 거리는 소리에, 물결이 찰랑거리는 소리에, 새들이 지저귀는 소리에, 바람이 부는 휘파람 소리에, 천둥이 치는 소리에 귀 기울일 때 저는 하나이신 당신이 존재하는 증거를 봅니다. 그리고 저는 느낍니다. 당신은 가장 큰 힘 그리고 전지전능하고 가장 지혜롭고 가장 정의로우신 분이라는 것을. 신이시여, 지금 제가 겪고 있는 고난을 통해 당신의 존재를 느낍니다.

신이시여, 당신의 만족이 제 만족이게 하시고, 아버지가 아들을 볼 때 기뻐하듯 제가 당신의 기쁨이게 하소서. 고요함과 확신 속에서 당신을 기억하게 하소서. 제가 당신을 사랑한다고 차마 말하지 못하는 그 순간에도 저는 당신을 사랑하고 있다는 것을 기억하소서.

- 이집트 수피 제사장이 쓴 기도문 중에서